LE POULPE

TANANARIVE QU'AUX AUTRES

ISBN : 2-84219-162-5
ISSN : 1265-986X

LE POULPE

danièle rousselier

TANANARIVE QU'AUX AUTRES

LE POULPE

ÉDITIONS BALEINE

Du même auteur :

Sépia, Flammarion, 1995
Le colonel Rivier est mort, Le Seuil, 1989
Lia barbare, Le Seuil, 1987

À J.-B.,
à la vie, à la mort.

Salopette rouge
à l'aube
cristal d'amour

Anonyme japonais

« Ce dont on ne peut parler, il faut le taire. »

Wittgenstein,
philosophe et espion soviétique.

Jacques sert plus fort la main de David, s'accroche à son regard. Les yeux de David ont la clarté du ciel. La peur a disparu. David sourit et murmure je t'aime. Ses pupilles se rétractent puis se noient dans le bleu de l'iris. Jacques reste immobile, penché sur le visage mort de son ami. Il ferme ses paupières et reste là, des heures, avant de prendre une dernière fois son amant dans ses bras. Il se redresse, envoie valdinguer le portant du goutte-à-goutte et sort précipitamment de la chambre d'hôpital.

Jaune

Jacques arriva à bout de souffle rue du Petit-Musc et franchit le porche du numéro 11 sans même entendre le salut joyeux de Mariateresa qui souriait à l'air printanier devant sa boutique de masques africains. Il monta sans reprendre haleine les sept étages du vieil immeuble surélevé et s'énerva à chercher sa clé. Sans même refermer la porte derrière lui il fonça vers la chambre, souleva une pile de chemises, saisit le petit Remington noir qu'il s'était procuré depuis peu et le soupesa en respirant un grand coup. Au moment de ressortir il s'arrêta, hésita une seconde puis s'empara d'une carte de visite coincée dans le cadre du miroir. Il relut le nom et l'adresse qu'il connaissait pourtant par cœur :

Professeur Braguier
Infectiologue
26, avenue Hoche.

Il ferma le poing sur la carte et, dégoulinant de sueur, s'avança sur la minuscule terrasse fleurie perchée au-dessus des toits. Il posa son Remington sur le rebord de la jardinière pour cueillir une primevère jaune. C'est David qui avait planté les bulbes avant son hospitalisation. Il reprit lentement son souffle quand un violent coup dans le dos le fit basculer par-dessus la rambarde. Il s'écrasa sans un cri sur les pavés, juste au pied de la boutique d'art africain. Du sang gicla sur la vitrine. Mariateresa, restée sur le pas de sa porte à profiter du soleil, eut sa jupe claire maculée d'écarlate. Un immense hurlement déchira la fraîcheur printanière.

* * *

Cheryl avait eu une nuit mouvementée. Gabriel, son amant aux longs bras, avait débarqué la veille après une disparition plus longue que de coutume. Une disparition pendant laquelle il ne lui avait pas téléphoné une seule fois. Cheryl n'était pas possessive, mais quand même ! Elle ne lui avait fait aucun reproche, ce n'était pas son genre. Gabriel mourait de faim : elle lui avait conseillé de prendre une douche pendant qu'elle lui assaisonnerait un petit frichti à sa façon. Une de ses clientes du matin, une mamma italienne, lui avait donné une recette de pâtes aux saveurs subtiles. Cheryl s'était aussitôt procuré les ingrédients nécessaires. Pendant que la sauce mitonnait et que les *penne* bouillaient dans un grand volume d'eau salée agrémentée de quelques gouttes d'huile d'olive, elle avait retouché son maquillage et changé de jupe. Puis elle était retournée à ses fourneaux, son cul – haut et ferme – des plus appétissants sous la finesse moirée du tissu. Gabriel l'avait complimentée sur ses fesses et ses pâtes tout en déplorant qu'une fois de plus elle n'ait pas su les cuire *al dente* et ait tué le parfum de la sauge en rajoutant de l'ail.

Après le dîner, elle avait entraîné Gabriel sur son grand lit hollywoodien en forme de cœur. Ce lit, c'était un ami décorateur de cinéma qui le lui avait procuré, connaissant le goût immodéré de la jeune femme pour les comédies américaines. L'ami avait nourri le fol espoir d'étrenner le lit en question avec la bouleversante Cheryl, mais Gabriel avait eu la primeur. Gabriel, cet amant infatigable qui, hier soir, après s'être douché et avoir ingurgité ses *penne* à la sauge, s'était tout bonnement endormi au milieu des kangourous en peluche. Stupéfaite, perplexe, vexée, blessée même et sans doute jalouse, furieuse enfin, Cheryl avait passé la nuit à lire un polar. Le matin elle avait décidé de mettre son nouveau tailleur. Se trouvant très chic et sa bonne humeur revenue, elle avait embrassé avec amour le grand escogriffe qui dormait toujours, ses longs membres étalés occupant toute la superficie du cœur.

Quand vers treize heures, affamée, elle décida d'aller casser une croûte, il pleuvait des cordes. Elle chipa momentanément à Prune, une de ses apprenties shampouineuses, son ignoble parapluie parsemé de Mickeys. Trempée malgré tout, elle franchit la porte du café-restaurant au Pied de Porc à la Sainte-Scolasse en jetant à la cantonade une remarque aussi originale que perspicace :

– Quel temps de chien !

Léon, réveillé en sursaut, rêvait. Il ne rêvait pas à des saucisses, des gigots sanguinolents, des cous de canards et des gorges palpitantes de brebis où planter ses crocs comme un berger allemand ordinaire. Non. Il rêvait aux effluves émanant du corps de Cheryl. Il flairait sa chair tendre, ses cheveux, ses aisselles, ses tétons, ses replis les plus secrets. Follement épris, il la léchait partout de sa langue râpeuse.

– Ça vraiment, on ne mettrait pas un cabot dehors ! renchérit l'objet de ses désirs.

Qu'est-ce qu'elle a après les chiens aujourd'hui, pensa Léon de méchante humeur. Je suis sûr qu'elle va oublier de venir me caresser. Et, en effet, Cheryl s'avança vers le comptoir sans le gratifier d'un seul regard. Léon en eut les boyaux tordus. Gérard lui, en la voyant apparaître, faillit avaler sa bière de travers :

– Ouah ! Avec ton tailleur pied-de-poule, c'que t'as du chien ! T'es plus distinguée encore que Lauren Bacall. Mais j'te préfère en Marilyn.

Léon fut rasséréné de découvrir que Cheryl possédait en elle une part de chiennerie et en oublia sa rancœur. Gabriel se leva et lui fit un baisemain, admiratif :

– C'est vrai que tu as changé de look. Gérard ne connaît rien aux femmes, tu es sublime.

Gérard se replongea dans la lecture du *Parisien* et Gabriel, dit le Poulpe, enserra la jeune femme de ses tentacules avant de la faire asseoir tout contre lui :

– Dis-moi, Cheryl, si tu mettais la clef sous la porte pour quelques jours ? On pourrait se faire une petite virée. J'ai découvert un bled qui te ferait disjoncter. Un peu loin, mais pas de décalage horaire.

Cheryl rosit de plaisir et ne résista guère :

– Je vais voir, il faut que je prévienne les filles. La semaine prochaine peut-être.

Elle s'agita sur la banquette et lança, d'une voix gouailleuse :

– Dis donc, Gérard, quand t'en auras fini avec les chiens écrasés tu me donneras à bouffer. J'ai deux clientes qui m'attendent sous la teinture.

Léon, qui s'était presque rendormi, dut encaisser ce nouveau coup de poignard. Décidément Cheryl méprisait les chiens ! Son amour était sans espoir.

Gérard grogna :

– Y a eu un suicide. Pas très loin d'ici. Un type qui s'est jeté par la fenêtre.

– On dit « défenestré », reprit doctement Cheryl avec un sourire à faire fondre un iceberg.

– Non seulement mademoiselle est gironde, mais en plus elle a de la culture, commenta le vieux Reznic à la table à côté en attaquant à la fourchette son andouillette A.A.A.A.A. Il connaissait Cheryl depuis qu'elle était petite et avait toujours eu pour ses boucles blondes, son fin minois et ses espiègleries une admiration quasi pathologique.

– Alors, cette bouffe, ça vient ? râla Cheryl en changeant de ton.

– Quel caractère de chien ! commenta Gérard

qui, imperturbable, poursuivit à voix haute sa lecture du fait divers :

– Le type s'appelait Jacques Rayman, il est tombé du septième étage d'un immeuble rue du Petit-Musc.

– Rue du Petit-Musc ? Ça alors ! Quel numéro ? demanda aussitôt Cheryl.

– Au 11.

– C'est là qu'habite ma copine Mariateresa, celle qui tient une boutique d'art africain. Pourvu qu'elle n'ait pas assisté au drame, ça devait pas être jojo à voir.

– Je savais pas que tu fréquentais des gens aussi branchés, intervint Gabriel.

– Ouais, tellement branchés que je sais même qu'on dit Art premier si tu veux être dans le coup. Chirac en personne, grand occidentalophobe culturel, veut mettre l'Art premier au Louvre. Mais Mariateresa, elle s'y connaît pas vraiment. Elle fait ce business parce qu'elle a vécu en Afrique et que son mec est malien. Ababacar le roi du rap. Tous ses fétiches et bibelots sont faux et elle ne s'en cache pas.

– Et tu l'as connue où, cette copine ?

– T'es flic ou quoi ? Je l'ai connue à l'école, en troisième. On avait étudié la Commune de Paris, et du coup on se prenait pour des pétroleuses ! Ça crée des liens. Indéfectibles ! Bon les gars, je vous laisse, j'ai plus le temps de manger, mes clientes m'attendent.

Et elle sortit, le regard torride de Léon fixé sur les ondulations de sa fine silhouette. Il jubilait. Le caractère de chien de Cheryl la rapprochait de lui en augmentant de façon notable la part de chiennerie qu'il y avait en elle.

Tandis qu'elle coupait les cheveux rouges de madame Kérouac, Cheryl repensa à cette histoire de défenestration. Un vieil ami à elle avait fait la même chose deux ans plus tôt. Il ne pouvait plus respirer ni écrire et avait préféré mourir. C'était un philosophe. Elle l'avait rencontré par hasard, dans la rue, et toute coiffeuse qu'elle était, et n'ayant pas même son bac, il avait semblé apprécier sa conversation. Ils se voyaient régulièrement pour le simple plaisir de parler.

– Mademoiselle, vous ne croyez pas que vous coupez trop court ! entendit-elle geindre madame Kérouac.

Arrachée à ses pensées nostalgiques, Cheryl constata le désastre. Elle ne se laissa pas démonter pour autant :

– Écoutez, madame Kérouac, avec la teinture roux flamme que vous avez choisie, il faut assumer. Il vous faut une coupe moderne, là, avec quelques mèches dressées sur la tête.

– Vous croyez vraiment ?

– Mais oui, ça vous rajeunit. Vous changez de couleur tous les quinze jours, la prochaine fois on envisagera autre chose. Des mèches bleues, ou vertes, genre bayadère.

Cheryl entendit pouffer dans son dos Mirabelle, sa nouvelle stagiaire. Elle la foudroya du regard. Puis elle s'attaqua à la chevelure bouclée d'une timide jeune fille qui elle, au moins, n'oserait pas interrompre le fil de ses pensées par ses caquetages.

La coupe terminée, Cheryl passa le relais à ses deux aides et les chargea de fermer le salon. Elle avait soudain décidé de passer voir Mariateresa, sentant intuitivement qu'elle pouvait avoir besoin d'elle. Et son intuition – dite féminine – ne la trompait jamais. Enfin, presque jamais.

La rue du Petit-Musc se trouvait à dix minutes à pied, du moins pour Cheryl qui, malgré ses hauts talons, marchait toujours à vive allure. Quand elle entra dans la boutique, elle trouva son ancienne camarade de classe prostrée au milieu de ses fétiches à clous. Mariateresa ne réagit même pas au bruit de la porte qui s'ouvrait. Quand elle finit par relever la tête elle se dressa d'un bond et un large sourire illumina son visage de beauté méditerranéenne à la Gina Lollobrigida relookée *nineties* :

– Cheryl ! Je pensais justement à toi. J'ai failli t'appeler, j'avais besoin de te parler.

– Les ondes ! je l'avais senti.

Riant toutes deux, elles s'embrassèrent avec fougue, boucles brunes et boucles blondes mêlées. C'est cette tignasse noire qui avait plu à Cheryl quand elle avait vu l'adolescente la première fois, il y avait plus de quinze ans, dans une cour de collège. Elle avait aussitôt pensé : celle-là, ce sera mon amie. L'intuition, déjà.

– C'est pas tout à fait vrai, imagine-toi que j'ai appris qu'un type s'était jeté par la fenêtre dans ton immeuble, un certain Jacques…

– C'est de ça que je voulais te parler. Jacques, je le connaissais bien. Il passait souvent discuter cinq minutes, on se rendait des services. J'avais ses clefs, pour les plantes à arroser. Les plantes de David. David, c'était son copain. Il vient de mourir du sida. Et Jacques, le même jour…

Des larmes embuaient ses yeux. Elle fit un effort sur elle-même et continua en s'énervant de plus en plus :

– Je les aimais beaucoup, tous les deux. Jacques surtout. Mais c'est pas pour pleurnicher que j'avais besoin de te voir. Cette histoire, ça ne tient pas debout. Jacques ne s'est pas suicidé. J'en suis sûre. Sûre, tu entends ! La dépression, il ignorait ce que ça voulait dire.

– Calme-toi, Mariateresa, le suicide surprend toujours. La mort de David a pu l'ébranler au point...

– Non, je te dis. J'ai encore discuté avec lui la veille du drame. Il savait la mort de David imminente, il s'y était préparé. Et David avait un fils, Jacques lui avait promis de le prendre en charge.

– Alors tu veux dire qu'on l'aurait suicidé ? Comme Stavisky en 1934 ?

– Stavisky ?

– Oui, un escroc qui en savait trop, au moment de la montée des ligues d'extrême droite en France. Il s'est suicidé d'un coup de revolver qui lui a été tiré à bout portant.

– Tu en sais des choses pour une fille qui n'a pas fait d'études !

– Et l'autodidactisme, qu'est-ce que t'en fais ? J'ai appris ça dans un film avec Belmondo. Et souviens-toi la Commune ! L'histoire, ça a toujours été mon truc.

– C'est vrai, un de tes innombrables slogans en troisième, c'était : « Mort à Thiers, le boucher de la Commune ! » On avait pour mission de bomber son nom partout, pour le faire disparaître de nos villes. T'aurais bien fait sauter la coupole du Sacré-Cœur, cette immonde meringue érigée par la bourgeoisie repue du sang des rouges !

– Meringue, pas d'accord ! Chou à la crème je dirais. Non, religieuse ! Bon, parle-moi plutôt de Jacques. Quel genre de vie menait-il ?

– Une vie tranquille. Un fonctionnaire, tu penses ! Seul signe distinctif, il était homo. Rien, je ne sais rien, si ce n'est qu'il ne s'est pas suicidé. J'en suis sûre.

– Mais la police a bien conclu à un suicide.

– On l'a tué, je te dis, cria la jeune femme brune.

– Écoute Mariateresa, je crois que tu es encore sous le choc. Viens dormir à la maison.

– Merci, ça ira, et puis Ababacar vient passer la nuit avec moi. Par contre, si après-demain tu voulais bien m'accompagner au Père-Lachaise, même si tu ne les connaissais pas…

– Pas de problème, compte sur moi.

* * *

Le ciel était bleu, le soleil illuminait la cime des grands arbres. Cheryl et Mariateresa, se tenant par le bras, suivaient le cortège qui se dirigeait vers le crématorium du Père-Lachaise. Ils étaient venus très nombreux accompagner une dernière fois Jacques et David. Un amoncellement incroyable de fleurs jaunes recouvrait les cercueils, tendres narcisses, jonquilles, soleils, primevères, aristoloches, colchiques, gerbes sauvages et graminées rares, myosotis aussi –*forget-me-not*–, seules touches bleues. À l'intérieur du crématorium un ami du couple prononça un vibrant hommage. Cheryl apprit que Jacques était un militant de l'association Aides, et même un leader de la Fédération au charisme et à l'efficacité exceptionnels.

L'hommage terminé, on entendit les premières notes d'un saxophone. La musique s'éleva dans la grande salle nue. Les corps brûlaient. L'émotion un peu retombée, Cheryl, toujours curieuse, se mit à examiner la composition de l'assistance. Des hommes majoritairement, de tous âges, de tous milieux, artistes, paumés, cadres chics, junkies, malabars, efféminés, intellectuels, baroudeurs, minets, folles. De nombreuses femmes aussi. Son action militante, son dévouement, sa disponibilité, avaient rendu Jacques très populaire. L'attention de Cheryl fut attirée par deux hommes habillés de complets sombres. Quelque chose clochait, elle n'aurait su dire quoi. Ils n'avaient pas l'air de flics malgré leur sale gueule, des truands endimanchés plutôt. Qu'étaient-ils venus foutre là ? Elle fit part de ses réflexions à Mariateresa qui, plongée dans son chagrin, se contenta de hausser les épaules. Les minutes s'écoulaient, interminables, Cheryl se laissait porter par le saxo pour repousser les pensées morbides qui l'assaillaient. Quoique jeune encore, avec ses trente-trois ans, elle avait déjà vu disparaître plusieurs êtres chers. Elle songea qu'à chaque enterrement auquel elle avait assisté il faisait un soleil radieux. Tous, sauf un. Elle tressaillit : un des deux hommes venait de se lever et de sortir. Mue par sa fameuse intuition, elle glissa quelques mots à l'oreille de Mariateresa et, discrètement, sortit à son tour.

Le soleil l'aveugla un instant. L'homme en complet veston avait mis des lunettes noires achevant de lui donner le look *Blues Brothers*. Il la regardait. Elle prit un air de pépée-godiche comme elle savait si bien le faire et s'éloigna en tortillant des fesses sur ses hauts talons, tout en prenant garde à ne pas les coincer dans les interstices des pavés, pires que ceux de l'Enfer du Nord. Elle tourna dans la première allée à droite et après un prudent détour – elle connaissait le cimetière par cœur depuis son enfance – revint près de l'entrée du crématorium en se cachant derrière les tombes. Elle vit alors sortir le deuxième *Blues Brothers* qui échangea quelques mots avec son acolyte. Le premier alla se dissimuler derrière un gros tronc d'arbre, quant au second, il se dirigea dangereusement vers elle. Elle recula bien vite de quelques tombes sans se casser la figure. L'homme se planqua derrière un monument funéraire et prit dans sa poche un petit appareil photo. Presque aussitôt les gens commencèrent à sortir du crématorium en groupe compact puis en ordre dispersé. Les deux hommes noirs prenaient cliché sur cliché. Mariateresa sortit à son tour, elle cherchait des yeux son amie, l'air désemparé. Cheryl ne pouvait pas bouger mais elle avait prévenu sa complice qu'en cas de pépin elles se retrouveraient au Mur des Fédérés. L'homme noir devant elle photographia aussi Mariateresa avant qu'elle ne s'éloignât puis, plus personne ne sortant du crématorium, rejoignit l'autre barbouze et disparut avec lui.

La blonde et la brune, l'une par l'allée sud et l'autre par l'allée nord, arrivèrent au même moment au Mur des Fédérés. Des monceaux de roses rouges se fanaient sous la plaque de marbre rappelant que les derniers Communards furent fusillés devant ce mur le 28 mai 1871.

Mariateresa se précipita sur son amie :

– Qu'est-ce qui t'a pris de filer comme ça ?

– J'ai suivi les deux types qui sortaient. Ils photographiaient tout le monde. Un peu comme s'ils voulaient établir un fichier des gens qui étaient à la cérémonie. Bizarre, non ? Viens, posons-nous sur l'herbe, j'ai mal aux pieds.

– Plus que bizarre. Alors, tu commences à me croire quand je te dis que Jacques ne s'est pas suicidé ? Qu'est-ce qu'on va faire maintenant ?

– Pas la moindre idée. Et la police, elle poursuit son enquête ?

– Tu parles, la police ! Je te l'ai déjà dit, elle a conclu au suicide et mis des scellés sur l'appartement.

– L'appartement ! Voilà l'idée ! Tu avais les clefs pour arroser, tu les as toujours ?

– Oui, pourquoi ?

– On va aller le fouiller. On trouvera peut-être quelque chose que les flics n'ont pas vu. Tu sais, avec notre intuition féminine…

– T'es maboule, c'est interdit !

– Si tu as peur, j'irai toute seule. La nuit. Je ne risque rien.

– Tu n'as pas changé, constata Mariateresa admirative. Déjà gamine, t'avais pas froid aux yeux. Tu n'hésitais pas à escalader les murs du Père-Lachaise et à y passer la nuit. Moi, j'ai jamais osé te suivre. Cette fois, je viens avec toi. À deux, c'est plus sûr.

– Bon, on fait ça dès ce soir. Il ne faut pas perdre de temps.

Elle se mit debout et frotta ses fesses maculées d'herbe :

– Merde, elle est foutue ma jupe !

– Je savais pas qu'on continuait à commémorer la Semaine sanglante, s'étonna Mariateresa en se relevant à son tour et en désignant les gerbes de roses fanées.

– C'est le seul monument aux morts de la classe ouvrière. Et le seul truc à visiter dans le 11ème. Tu sais, y a eu quelque chose comme dix-sept mille morts, ça puait le cadavre dans tout le quartier. La répression versaillaise a vidé Paris d'au moins un quart de ses ouvriers, avec en plus les déportations. Bon, j'vais pas te raser en te faisant un cours, mais encore un détail : le Mur des Fédérés, c'est pas le Mur des Fédérés !

– Qu'est-ce que tu racontes ?

– Eh oui, le vrai mur, il est avenue Gambetta ! C'est là qu'ils ont crié « Vive la Commune » avant de tomber.

– C'est pas coiffeuse que tu aurais dû être…

– On me l'a déjà dit et on se goure. J'adore mon métier, un vrai métier. À écouter mes clientes, j'apprends beaucoup. Y compris sur l'insondable connerie humaine. Formation permanente assurée. Bon, assez causé. Je dois justement retourner au turbin. On se retrouve ce soir.

Vers vingt heures, le salon fermé sur sa dernière cliente, Cheryl put enfin ouvrir les portes de sa vaste penderie : que mettre ce soir ? Elle opta pour une combinaison à cagoule en skaï noir, ultra-moulante, et pour de souples chaussures de danseuse. Le style rat d'hôtel convenait aussi bien à son joli corps de gymnaste qu'à sa prochaine équipée nocturne et illicite. Elle demanda à son miroir s'il la jugeait digne de jouer le remake d'*Irma Vep*. Elle avait toujours adoré ce feuilleton popu des années vingt signé Louis Feuillade. Le miroir lui répondit, comme dans *Blanche-Neige*, par l'affirmative.

Elle passa saluer Gabriel au Pied de Porc à la Sainte-Scolasse. Elle savait qu'il craquerait en la voyant dans cette seconde peau noire et luisante, la rendant plus nue que nue. Dès qu'elle franchit la porte du restaurant, Léon vint la renifler en remuant la queue. Il adorait son parfum, l'ombre dans l'eau. Comme chaque jour, elle lui flatta le museau et lui caressa le poitrail. Plus longtemps que d'habitude. Plus doucement. Il est vrai que Gabriel, le dangereux rival de Léon, n'était pas encore là. Elle prit même le temps de lui chantonner à l'oreille la rengaine qui, chaque fois, lui faisait connaître l'extase :

« J'aime ton odeur, ta saveur Léon
Tu n'es pas beau Léon…
T'as les poils trop longs…
Mais je t'ai dans la peau,
Mais je t'ai dans la peau,
Mais je t'ai dans la peau Léon… »

Quand Cheryl se tut et arrêta ses caresses, Léon retourna se coucher sous la table, ivre de joie. Un amour fou, un amour éternel. Tels étaient les sentiments de la bête pour la belle.

Gérard et Maria, sa moitié, presque d'une seule voix, s'étonnèrent de la tenue vestimentaire de Cheryl et lui demandèrent à quelle louche activité elle comptait se livrer cette nuit.

– Si on vous le demande, vous direz que vous ne savez pas.

Et elle rit. Elle adorait cette réplique idiote et usée jusqu'à la corde. Elle confia à Maria :

– Tu diras au Poulpe que je ne suis pas là ce soir. On se verra demain.

Elle les salua tous et sortit bien vite, il se faisait tard. Cheryl n'aimait pas rendre de comptes, même à Gabriel. À une autre époque – avant la chute du mur –, elle aurait rêvé d'être espionne, ou agent secret. Règle d'or : le compartimentage. Avoir plusieurs vies, étanches. Môme, elle lisait trop de polars, d'histoires d'espionnage. Trop, du moins pour ses profs : « Vous avez trop d'imagination mademoiselle ! » Elle avait bien vite quitté l'école qui brimait sa créativité pour pouvoir continuer tranquillement ses lectures.

Mariateresa ne tenait plus en place quand Cheryl la rejoignit enfin dans sa boutique. Pâle, elle tortillait ses boucles noires autour de ses doigts.

– Tu es sûre qu'on ne fait pas une connerie ? lui demanda-t-elle aussitôt, j'ai les jetons. Si on buvait une petite *grappa* avant de monter.

– Non, après. Nous devons être en possession de tous nos moyens, répondit Cheryl en professionnelle, tout en sortant de petits outils de la banane qui ceignait sa taille. Ne t'en fais pas, j'ai apporté de quoi remettre les scellés.

– Mais pourquoi t'es-tu déguisée ?

Déguisée ! Cheryl, vexée, remit son matériel dans sa banane et ordonna :

– Allons-y. T'as bien les torches ?

Sept étages plus tard, les deux complices commencèrent à fouiller l'appartement de Jacques. Elles s'étaient réparti les tâches, Mariateresa s'occupait de la chambre et Cheryl perquisitionnait le living, s'intéressant de près au coin-bureau. D'énormes dossiers faisaient plier les planches de la bibliothèque. Cheryl s'y attaqua : ils contenaient des informations de tous ordres sur le sida à travers le monde, informations scientifiques, sociales, politiques. Elle feuilleta diverses revues, jeta un coup d'œil aux missives, tracts et journaux. Toute cette paperasse ne faisait que confirmer le rôle important, et international, que jouait Jacques dans la lutte contre le virus HIV et toutes les formes de discrimination que subissaient ceux qui en étaient porteurs. Sans se décourager, elle compulsa longuement les dossiers jusqu'à ce que Mariateresa vienne se pencher sur son épaule :

– Je n'ai rien trouvé d'anormal. Il y avait bien des lettres d'amour dans un tiroir, mais je n'ai pas osé y toucher.

– Prends-les, on les lira plus tard, il ne faut rien négliger. Les dossiers par contre, on peut pas les emporter. Continue à fouiller, même la cuisine et la salle de bains. Moi je termine avec ces dossiers, j'en ai encore pour une partie de la nuit.

– T'es braque, on va pas passer la nuit ici !

– Oh là là ! Toujours aussi pétocharde. Rentre chez toi si tu veux.

Mariateresa se calma et obtempéra. Elle se servit un double scotch. Puis un triple. Une heure plus tard elle s'était endormie en boule sur le canapé et Cheryl continuait à parcourir méthodiquement la documentation étalée sur le bureau. Épuisée, elle allait renoncer quand elle remarqua une chemise de carton noir coincée entre le mur et l'étagère. Son pouls s'accéléra à l'idée qu'elle avait peut-être déniché quelque chose d'important. La chemise contenait des listes de noms, classés par professions, appartenant toutes au monde médical et paramédical : médecins, chercheurs, pharmaciens, personnel soignant, etc. Cheryl pensa qu'il était logique que Jacques détînt une telle liste : ces personnes étaient susceptibles de l'aider dans son activité militante mais sa fidèle intuition l'avertit que cette hypothèse était trop simple. Sa cervelle eut beau bouillonner sous ses boucles blondes – célèbres dans tout le 11ème arrondissement – elle sécha lamentablement. L'aube pointait à la fenêtre, Cheryl sortit sur la petite terrasse et s'étira en bâillant. Les jardinières regorgeaient de fleurs jaunes tombant en cascade. Il faudrait arroser, pensa-t-elle. Alliant aussitôt théorie et pratique, elle se saisit de l'arrosoir posé là et commença gaiement à abreuver les plantes. Consciencieuse, elle arracha les fleurs mortes qui étouffaient les jeunes pousses. Un bristol blanc racorni se dissimulait sous les larges feuilles d'une primevère. Intriguée, elle lut :

Professeur Braguier
Infectiologue
26, avenue Hoche.

Infectiologue ! Drôle de métier. Elle retourna au bureau et chercha le nom de Braguier sur la liste. Il y figurait. Puis elle secoua Mariateresa enroulée comme une chatte :

– Réveille-toi, s'agit pas de faire de vieux os ici.

Tandis que Mariateresa préparait son fameux cappucino saupoudré de chocolat, Cheryl lui fit part de sa découverte.

– Et alors, commenta Mariateresa. On est bien avancées !

– Pas très, tu as raison. Passe-moi les lettres, ça me gêne, mais il faut les lire. Je peux m'allonger sur ton lit ? Je suis crevée.

Les deux filles s'installèrent sous la couette et commencèrent à parcourir les lettres d'amour que Jacques écrivait à David.

– Dis donc, il écrivait drôlement bien, fit Mariateresa. J'aimerais bien qu'on me dise des choses aussi belles. Mais il y a des passages... je peux pas, je saute...

– T'as toujours été bégueule. Ce sont les restes de ton éducation catho. En tout cas, ces lettres confirment ce que tu disais : Jacques ne peut pas s'être suicidé, il aimait trop la vie. Il avait une force morale incroyable.

Tout en bâillant à s'en décrocher la mâchoire, Cheryl poursuivit sa lecture.

« David, j'aime te voir danser. Danser sur les vagues. Cet été je t'emmènerai à Ischia, je rêve de ta peau dorée. Je saurai empêcher la mort de se lover entre nous... »

Elle s'endormit, le visage sur la feuille blanche.

Quand elle se réveilla il était midi. Elle s'affola :

– Merde, mes clientes ! Elles doivent déjà être au bord de la crise de nerfs !

– Sans doute, mais nous n'avons pas perdu notre temps, dit Mariateresa triomphante. Je me suis forcée à lire les passages les plus, les plus… érotiques, enfin les plus pornos…

– Et tu as pris ton pied ? C'est quoi pour toi la différence entre porno et érotique ?

– Ce que tu peux être vulgaire ! Là, regarde, vers les dernières lignes.

Cheryl lui arracha la lettre des mains et lut à toute allure en diagonale :

« …ta bite dans ma bouche, comme une fiction… l'odeur de ta queue tout le jour…

Quant à ce salaud qui t'a contaminé, tu connais mon plan. Et les autres, sans exception, j'aurai leur peau… »

– Formidable, nous avons une certitude. Jacques avait des ennemis. On l'a éliminé.

– Je te signale que je l'ai toujours dit. Mais qui ? Et pourquoi ?

– À nous de le découvrir.

– Tu délires, c'est pas notre boulot. Et si finalement on en parlait à la police ? Cette lettre, c'est suffisant pour ouvrir une enquête.

– La police, tu rêves ! Elle ne fera rien. Et puis, on a des principes ou on en a pas : les flics, jamais !

– Je suis ni Zorro ni Maigret. Ni la reine des pétroleuses, mais bien celle des pétocheuses. De toute façon, ta piste, c'est une impasse. On n'est pas plus avancées qu'avant.

– Et ce type, l'infectiologue. Le professeur Braguier. Infectiologue ! Peut-être qu'il sait quelque chose, cet infectiologue. Je vais le contacter.

– Sans moi. Tu te crois dans un mauvais polar.

– Je sais, ça aussi on me l'a déjà rabâché. Je me débrouillerai seule. Ciao ! Prune et Mirabelle vont me faire la peau. Elles doivent avoir dix clientes en furie sur le dos.

Tout en tressant les longs cheveux blancs de madame Thu Trang, sa petite vieille préférée, Cheryl trépignait d'impatience. Cette affaire l'excitait au plus haut point. Elle n'en voulait pas à Mariateresa de la laisser tomber mais la tentation la traversa un instant de demander conseil à son tendre Poulpe. Non, pas de faiblesse. Elle mènerait seule son enquête.

– Cheryl, je voudrais que vous fassiez un chignon avec ma tresse, demanda madame Thu Trang de sa voix douce et timide. Mon fils vient dîner ce soir.

– Regardez, je vais plutôt vous l'enrouler en couronne, vous serez très belle. Et après je vous mettrai un peu de poudre et du rose sur les pommettes.

Cheryl s'occupa avec amour de sa cliente au beau visage lumineux sous des milliers de rides. Quand la jeune femme eut un moment de répit, elle téléphona chez le professeur Braguier. Une secrétaire lui proposa un rendez-vous pour le mois suivant. Cheryl se fit suppliante, telle une tragédienne antique, et obtint d'être reçue le surlendemain.

Quand, vers vingt heures, Gabriel débarqua dans

le salon de coiffure et lui demanda en l'enlaçant dans ses interminables bras si elle préparait ses malles et boîtes à chapeaux pour leur virée d'amoureux, Cheryl écarquilla ses vastes yeux bleus bordés de rimmel noir. L'« affaire Jacques », comme elle l'appelait, la titillait tellement qu'elle en avait oublié leur projet d'évasion. Elle n'hésita pas une seconde, le devoir avant tout :

– Désolée mon grand. Je suis coincée ici, mes deux stagiaires sont malades.

Piètre mensonge, elle le savait, mais Gabriel n'était pas homme à insister. Depuis l'école ils avaient conclu un pacte : s'aimer dans la plus grande liberté. Ce pacte tenait toujours, Cheryl aimait son Poulpe chaque jour davantage et ledit céphalopode le lui rendait bien.

Avant de se rendre chez le professeur Braguier, Cheryl s'était informée sur cette étrange spécialité : l'infectiologie. Braguier était tout simplement un spécialiste des maladies infectieuses et du sida. Sans doute avait-il soigné David. Elle n'avait pas la moindre idée de ce qu'elle allait lui demander mais faute d'autre fil d'Ariane, elle allait tenter le coup.

À quinze heures précises elle sonna à la porte de l'hôtel particulier où exerçait l'infectiologue. Une employée de maison à chignon et col blanc très vieille France vint lui ouvrir et l'installa dans un salon meublé en Louis XVI authentique. La pile de revues catholiques parmi lesquelles elle chercha en vain un *Elle* ou un *Marie-Claire* lui mit la puce à l'oreille. Avant d'avoir pu analyser cette situation inédite, le professeur Braguier l'invita à entrer dans son cabinet. Il était d'une taille imposante et se mit à détailler sa cliente des pieds à la tête de ses yeux bleu acier. Cheryl en eut un frisson dans le dos. Il la fit asseoir et sans la moindre courtoisie la somma d'exposer les raisons de sa visite. Elle se ressaisit et débita d'une seule traite, avec une voix un peu niaise, le laïus qu'elle avait mentalement préparé : elle était venue le consulter parce qu'elle était presque certaine d'avoir été contaminée. Bien sûr elle savait qu'il était trop tôt pour faire un test de séropositivité mais elle avait entendu dire qu'il existait de nouveaux traitements que l'on pouvait prendre dès le début et qui enrayaient le risque de développer un sida. Le sévère professeur lui coupa la parole avec brutalité :

– Contaminée ? Mais comment mademoiselle ?

– Eh bien, en faisant l'amour sans protection.

– En faisant l'amour ! Et avec qui ?

– Avec qui cela me plaît, ne put s'empêcher de répondre Cheryl, se croyant soudain projetée en arrière au bon vieux temps de l'Inquisition, ou, dans un style plus new-look, à l'époque du NKVD ou de la Stasi.

– Je vois, vous couchez avec le premier venu ! Et après vous avez peur. C'est avant qu'il faut réfléchir ! C'est comme celles qui tombent enceintes et ensuite se font rembourser l'avortement par la Sécu !

Sidérée par cette tirade et comprenant qu'elle avait bien devant elle un nauséeux représentant de l'ordre moral, Cheryl retrouva son sang-froid et se résolut à faire amende honorable pour ne pas brûler cette piste prometteuse.

– Excusez-moi, ce n'est pas vrai. Je ne couche pas avec le premier venu, je suis une fille bien. Il m'a fait boire. Je ne bois jamais. Et j'ai un fiancé, je vais me marier.

La hargne du professeur Braguier baissa d'un cran :

– Vous marier ! Il est temps. Seul le mariage peut sauver notre jeunesse décadente.

– Je partage votre opinion. Mais aidez-moi.

– Écoutez, mademoiselle. Ne dramatisons pas. Vous ferez un test dans quinze jours. Votre partenaire n'était pas un drogué au moins, ni un de ces bisexuels !

– Oh non ! Qu'allez-vous penser ! Je ne fréquente pas ces milieux-là.

– Bon, mais laissez-moi vous donner un conseil ma petite. Habillez-vous autrement. Avec cette jupe et ces talons ne vous étonnez pas si…

– Merci docteur, j'en tiendrai compte, fit Cheryl, en baissant les yeux et en sortant son chéquier pour payer.

Elle se retrouva bientôt avenue Hoche gavée de recommandations moralisatrices et délestée de six cents francs. Mais assez satisfaite d'elle-même. Elle détenait une clef : Braguier le Grand Inquisiteur figurait sur la liste des professionnels de la santé trouvée chez Jacques. Il y avait fort à parier que tous les autres appartenaient à cette même mouvance de l'ordre moral.

Le soir même, Cheryl et Mariateresa, dopées par quelques verres d'apéro, tentaient de mettre sur pied un plan d'action. Il était indispensable, selon Cheryl, de vérifier si les membres de la liste appartenaient à une ou à plusieurs de ces organisations qui s'étaient fixé pour mission de défendre les valeurs de la chrétienté française. Mariateresa avait cuisiné une de ses spécialités : des raviolis aux langoustines et au blanc de lotte. La blonde Cheryl, de nature généreuse, pensa qu'elle devrait finir par présenter un jour son amie à Gabriel. Il adorait les raviolis. Mais elle tenait trop à garder secrets certains pans de sa vie, elle n'aurait qu'à demander la recette à Mariateresa. Pour l'heure, le plus urgent était de la convaincre de l'aider dans son enquête :

– Je n'y arriverai jamais seule, Mariateresa, c'est un boulot de longue haleine. Et t'as vu, beaucoup habitent en province.

– Je comprends pas où tu veux en venir. Ça mène à quoi ?

– Je sais pas encore. Ce qui est sûr, c'est que Jacques ou David ont eu un contact avec Braguier, mais pourquoi ? Et Jacques, en tant que militant d'Aides a certainement rencontré sur sa route des associations du genre «pro-vie», «anti-homo», etc. J'ai vu dans ses papiers qu'il avait créé auprès de la Cour européenne des Droits de l'homme un «Comité anti-délation» pour lutter contre une organisation d'extrême droite qui dénonçait et traquait des étrangers malades en stade sida déclaré pour les reconduire de force à la frontière. Et qui trouve-t-on dans cette organisation ? Des infirmières, des médecins, des pharmaciens. Si on a bien tué Jacques, c'est de ce côté-là qu'il faut regarder.

– Tu vas vite en besogne ! On ne supprime pas comme ça quelqu'un parce qu'il milite contre vous.

– Pas seulement parce qu'il milite. Peut-être que Jacques avait découvert des choses très compromettantes pour ces gens-là…

– Bon, mais si c'est vrai, on risque de mettre le doigt dans un sacré engrenage. On n'est pas de taille !

– T'affole pas, on n'en est pas là. Il s'agit juste de vérifier si ces professionnels du paramédical appartiennent ou non à des associations bien-pensantes. Après, on avisera.

– Alors, qu'est-ce que je dois faire ?

– Téléphoner, prendre rendez-vous, écouter, baratiner, infiltrer. Ça doit pas être facile, ils sont sûrement méfiants. Il faut trouver le joint. Avoir du flair. Tu te débrouilleras très bien, et puis avec ton éducation ultra catho, tu as de bonnes bases. J'pourrais pas en dire autant.

– Ah ça, la messe, je connais ! Mes parents, ils ont beau être ouvriers, chez nous on ne jure que par la sainte Vierge et le pape. Notre ascendance italienne je suppose. Quand je me suis taillée de la maison avec Karim, algérien et musulman, j'ai cru qu'ils allaient me tuer.

– Pourtant eux aussi, ou plutôt leurs parents ou arrière-grands-parents, ont dû subir des macaronnades !

– Des macaronnades ?

– Ben oui, des ratonnades en quelque sorte. Un pogrom quoi ! On vous appelait bien les macaronis ?

– Sûr ! Ou les christos, avec le même mépris. C'est décidé, je te suis !

– On va se partager les noms de la liste. Paris d'abord, la province on verra plus tard. Et chaque soir on se retrouve pour faire le point.

– Ici, devant une bouteille de Brunello. J'en ai une caisse à la cave.

Le lendemain soir les deux complices dégustaient en connaisseuses un Brunello de Montalcino. Cheryl n'était pas contente d'elle, ses clientes l'avaient harcelée toute la journée et tout ce qu'elle avait obtenu c'était un rendez-vous avec un des chercheurs de la liste pour une interview. Elle avait prétendu être une journaliste. Mariateresa avait été plus chanceuse et raconta, non sans fierté, sa première expérience d'infiltration chez l'ennemi :

– J'ai contacté une sage-femme. Elle m'a reçue cet après-midi. J'ai baratiné que j'étais enceinte depuis quinze jours. Qu'en désespoir de cause j'envisageais un avortement avec la pilule RU parce que le père m'avait laissé tomber et que j'étais sans travail. Un vrai mélo ! J'ai ajouté que j'étais très croyante et contre l'avortement. J'en chialais ! La vieille bique s'y est laissé prendre. Une sorcière, cette bonne femme. Le visage aride, la voix aigre. Il n'était pas question que je me fasse avorter. Elle a proposé de m'aider, elle connaissait des gens qui me porteraient secours.

– Qui sont ces gens ?

– Elle n'a pas voulu me le dire. Elle m'emmènera avec elle à une réunion. Je ne peux qu'attendre. Allez, je te cuisine vite fait une petite pasta. Je sens que je vais me défouler, j'ai tellement haï toute cette bigoterie quand j'étais môme.

Le jour suivant Cheryl eut à son actif la visite de deux pharmaciens dont les noms figuraient sur la liste. On la regarda d'un sale œil quand elle demanda des préservatifs et d'un œil plus sale encore quand elle voulut acheter des seringues. Mariateresa, quant à elle, s'était rendue chez une deuxième sage-femme de la liste qui travaillait dans un cabinet de groupe. Prudente, elle avait changé de nom, mais manquant d'imagination elle avait encore joué à la femme enceinte. Avec autant de succès : la sage-femme, mademoiselle Trotignon, lui avait donné une revue et proposé une réunion avec des membres de l'association Les Croisés de la Vie. Cheryl ne put que féliciter son amie, elle se révélait beaucoup plus performante qu'elle. Elle détestait ce vocable, performante. Néanmoins, pas de doute, Mariateresa était pour le moment la meilleure dans le difficile métier de taupe. Et, après tout, une légère émulation entre elles ne pourrait que faire progresser plus vite leur enquête.

Mais Cheryl avait un sérieux handicap : son look. Avec ses boucles platine et ses tenues moulantes, elle ne pouvait guère prétendre ressembler à une enfant de Marie. Prenant soudain conscience de ce handicap majeur, elle se résolut à emprunter à Mariateresa quelques accessoires nécessaires à sa métamorphose : jupe plissée marine, foulard en soie bécébégé, twin-set bleu ciel, chaussures plates à lacet et petite chaîne avec médaille de la vierge. Mariateresa conservait tout et avait gardé ces «oripeaux», comme elle les appelait, de son bref – très bref – passage chez les bonnes sœurs.

Tôt le lendemain matin, Cheryl revêtit son uniforme pour pensionnaire du Couvent des Oiseaux et renonça à tout maquillage. Elle eut un choc en se voyant dans la glace mais au moins, en éteignant l'étincelle effrontée de son regard et en prenant son air godiche qui l'avait déjà sauvée de plus d'un mauvais pas, elle était sûre d'inspirer confiance au chercheur qu'elle devait interviewer. Elle mit dans son sac la revue *Dieu et Famille* que mademoiselle Trotignon avait donné à Mariateresa : elle la potasserait dans le métro. N'ayant pas eu le temps de se préparer un petit déjeuner, elle fila au Pied de Porc à la Sainte-Scolasse prendre un café sur le zinc. Maria, l'énergique Espagnole, était seule derrière le comptoir. Elle hurla presque en voyant entrer Cheryl :

– Misère de Dieu ! Qu'est-ce qui t'arrive ? Tu te fais nonne ?

– Tu ne crois pas si bien dire ! Un petit noir et deux croissants s'il te plaît. Je suis en retard.

– En retard, toi, si tôt le matin ! C'est le monde à l'envers. Gérard, viens voir, on nous a changé notre Cheryl.

Gérard arriva en bougonnant. Il devint tout rouge et les deux femmes crurent qu'il allait faire une syncope :

– Putain, c'est pas possible, tu t'es douchée dans un bénitier ! Une jupe plissée ! Il ne manque plus que les chaussettes blanches.

– J'y penserai la prochaine fois, rétorqua Cheryl en sirotant son café.

– Et Gabriel, il sait que t'as viré ta cuti ?

– Ne lui dis rien, ce sont mes affaires.

– De toute façon, il est parti pour plusieurs jours. Il en avait marre de t'attendre. Dis, tu sais, tu restes sexy comme ça, et plus que ça, troublante. Même avec un sac de patates tu ferais frémir le plus endurci des capucins.

Cheryl, flattée par le compliment, déposa un baiser sonore sur la joue du moustachu. Elle détala en saluant Maria qui lui rendit son clin d'œil complice. Léon revenait à ce moment précis de son périple pissatoire matinal. La nouvelle allure de sa belle le laissa ébaubi au point qu'il heurta le réverbère. Choc béni : il reçut en échange un tendre câlin de consolation qui ensoleilla sa journée de chien.

Quand elle sonna à la porte du laboratoire de génétique, ce fut Joseph Paoli lui-même qui vint lui ouvrir. Cheryl eut du mal à cacher sa surprise : elle avait devant elle un homme n'atteignant pas la trentaine et qui, avec sa chevelure d'ange, ses yeux tendres derrière les lunettes et son large sourire, donnait l'impression d'un enfant ayant grandi trop vite.

– Mademoiselle Alice Benoît, je suppose, lui demanda-t-il d'une voix douce en la faisant entrer dans son bureau, je vous attendais. Je suis heureux qu'on s'intéresse à mes recherches. Vous êtes journaliste scientifique ?

Cheryl ne put que bredouiller :

– Pas vraiment, je suis plutôt juriste. Mais mon journal consacre un dossier à la génétique. Avec le clonage, l'enjeu est considérable.

– Bien entendu. Dites, vous ne préférez pas qu'on aille au café du coin pour discuter ? Il y a de grandes banquettes, ce serait plus agréable.

Et avant d'avoir obtenu son assentiment, Joseph

Paoli passa son bras sous le sien et l'entraîna dehors. Il la regardait avec amusement et une pointe d'admiration. Cheryl, sous le charme, pestait contre elle-même. Quelle idée stupide cette jupe bleu marine à plis ! Et ses lèvres ! Pas une ombre de rouge. Pas de rimmel non plus. Elle se sentait comme nue et désarmée.

Une fois confortablement installés sur les banquettes, le généticien de charme commanda des cafés et la questionna :

– Mais au fait, pour quel journal écrivez-vous ?

– Oh, une petite revue, *Dieu et Famille*.

– Jamais entendu parler. Vous voulez dire que vous travaillez pour un mouvement anti-avortement ?

Cheryl était de plus en plus embarrassée. Il y avait erreur sur la personne, ce savant à la physionomie si romantique ne pouvait appartenir au clan putride de l'ordre moral. Elle tenta de sauver la mise :

– Non, pas du tout. J'ai besoin de gagner ma vie, alors je fais des piges pour qui me le demande.

– Je m'en fiche complètement, vous savez. Tout ce qui compte pour moi, c'est la recherche. Alors, vous voulez que je vous parle de mes travaux ?

– Ne suis-je pas là pour cela ? Allez-y, je prends des notes.

Joseph Paoli lui expliqua avec force détails qu'il travaillait sur un fragment de gène X, découvert en 1993, et qui serait porteur de l'orientation homosexuelle de l'homme. Quand il se rendait compte que Cheryl avait du mal à suivre, il s'arrêtait et reprenait ses explications avec un sens certain de la pédagogie. Considérant sans doute qu'il en avait assez dit, il interrompit son exposé pour s'intéresser à sa blonde compagne :

– Pourquoi vous habillez-vous de façon si sévère ? Presque en uniforme. Ça ne colle pas avec vos gestes, votre regard. Vous avancez masquée. Remarquez, ce n'est pas pour me déplaire !

Shit ! pensa Cheryl, en plus de sa belle gueule il n'a pas l'œil dans sa poche ! Sentant la cristallisation stendhalienne commencer à faire son œuvre, elle se morigéna en se convainquant qu'elle n'était pas là pour la gaudriole, mais en mission. Elle tenta une dernière fois de comprendre pourquoi Joseph Paoli figurait sur la fameuse liste. Elle y alla franc jeu :

– Mais vous-même, appartenez-vous à certaines associations ? La génétique pose de nombreux problèmes moraux. Vous sentez-vous impliqué ?

– Moi ? Jamais. Je n'ai pas le temps. Ce qu'on fait de mes découvertes, ce n'est pas mon problème ! Tous les blablas sur la bioéthique, ça ne me concerne pas. Je laisse cela aux philosophes. La politique, le social, je m'en fous. Ce sont des préoccupations de gauchistes. Alice, vous êtes vraiment ravissante. Si nous parlions de vous maintenant ?

Cheryl, subitement – et définitivement – réfrigérée, prétendit devoir le quitter pour un autre rendez-vous. Il retint sa main dans la sienne :

– Je vous revois quand ?

– Bientôt. Je vous téléphone. Encore merci, ce fut passionnant, j'ai appris beaucoup de choses.

Tout en prenant congé, Cheryl, malgré son haut-le-cœur idéologique, décocha au chercheur sans conscience une œillade à faire fondre de désir la statue de Savonarole. En bonne stratège, elle savait qu'il ne fallait jamais se couper de ses arrières.

De retour à son salon de coiffure, Cheryl reçut un appel de la secrétaire collet-monté du professeur Braguier. Il voulait la revoir d'urgence. Cheryl n'hésita pas, d'autant que pour une fois elle n'aurait pas besoin de changer de fringues. Elle abandonna ses clientes éplorées à ses deux stagiaires, Prune et Mirabelle, ravies de pouvoir se faire la main en toute liberté, et courut vers les beaux quartiers.

C'est Braguier lui-même qui lui ouvrit. Comme la première fois, Cheryl fut impressionnée par sa haute stature et son visage carré aux traits réguliers et volontaires. Une gueule de dur pour le cinoche pensa-t-elle, dans le rôle du salopard haut de gamme, à qui rien ni personne ne résiste.

– Installez-vous, mademoiselle, commença-t-il sur un ton nettement plus aimable que l'autre jour et souriant presque. Je vois que mes conseils n'ont pas été inutiles, votre tenue est parfaite. Et pas de maquillage ! Il n'y a plus que vos cheveux… mais c'est déjà très bien.

Cheryl se sentait mal à l'aise sans trop savoir pourquoi. Les paroles de Braguier sonnaient faux. Elle devinait, expérience oblige, que Braguier le puritain regrettait de ne plus pouvoir se délecter de son corps de pin-up désormais patatoïde grâce à l'épaisse jupe et au twin-set informe.

– Je ne vous ai pas fait venir pour une inspection vestimentaire. J'ai pensé à vous, à votre inquiétude bien légitime. Je voulais vous proposer quelque chose de tout nouveau : un test urinaire. C'est américain.

Comme dans les tests sanguins, le dépistage urinaire a pour principe la détection des anticorps produits par l'organisme infecté. Le résultat est immédiat. Tenez, voici ce flacon, les toilettes sont là-bas.

Le ton était sans appel. Docilement, Cheryl alla pisser dans le flacon et le rapporta à l'autoritaire Braguier.

– Attendez-moi cinq minutes ma petite, vous serez bientôt rassurée.

Braguier revint en effet cinq minutes plus tard, le visage grave :

– C'est terrible, mon enfant : vous êtes séropositive. Allons, ne vous effondrez pas, ce n'est pas certain à 100 %. Il faut un deuxième test dans quinze jours. Et puis après, un test sanguin.

Il semblait à Cheryl que Braguier la transperçait de ses yeux bleu acier. Elle ne comprenait rien. Séropositive ! À quoi jouait-il ? Elle avait certes une vie sexuelle fort libre mais pour autant… Elle n'eut pas le loisir de continuer à sonder ses souvenirs érotiques, Braguier s'était penché sur elle et la fixait. Elle resta ainsi, clouée par son regard métallique, des minutes interminables. Il se redressa enfin, satisfait :

– Alors, vous avez eu peur ! J'ai fait ça pour votre bien. Le test est négatif. Je suis sûr maintenant que vous cesserez d'avoir des aventures.

Cheryl bouillait de rage. Pour qui se prenait-il, ce sadique ! Elle se retint de le gifler, de crainte d'un gnon en retour certes, mais surtout parce qu'avec le professionnalisme qui lui était coutumier – acquis au prix de centaines de nuits blanches passées à lire des polars – elle venait de réaliser qu'un personnage aussi pervers, braque, retors et dominateur ne pouvait qu'être une des pièces maîtresses du vaste puzzle qu'elle commençait à tenter de reconstituer pour découvrir les assassins de Jacques.

– Vous êtes bien rouge, mademoiselle ! La honte sans doute. Allons, Dieu sait parfois être miséricordieux. Que cette histoire vous serve de leçon. Vous ne serez pas la première que je ramène dans le droit chemin. Ni le premier.

Cheryl finit par retrouver un calme intérieur suffisant pour articuler quelques mots :

– Merci, professeur. Je mesure ce que je vous dois. Vous faites un métier admirable, vous ne vous contentez pas de soigner les corps, vous soignez les âmes aussi.

Une lueur étrange brilla dans les yeux de l'infectiologue. Il se mit à parler avec exaltation :

– En cette époque de décadence il faut se battre pour les valeurs chrétiennes. Je me consacre à cette lutte jour et nuit. Nous vivons dans une société permissive qui mènera l'Occident à sa perte. Le plus grand danger qui menace la terre, c'est la dénatalité du monde occidental face à la surnatalité du tiers-monde. Mon devoir, c'est de repérer les sexualités anormales afin d'en empêcher la propagation ! Que dis-je, mon devoir ! Ma mission ! L'homosexualité doit être éradiquée pour des motifs de santé mentale, de propreté morale et d'équilibre social. Et pour l'avenir de notre planète ! Il y a urgence. Si cela continue ainsi, l'homosexualité nous conduira à la disparition du monde. Vous me comprenez j'espère ?

Cheryl l'écoutait avec fascination et dégoût.

L'homme avait un magnétisme certain et une dangereuse force de conviction, il devait facilement séduire des esprits fragiles. Elle opina du chef et écarquilla ses grands yeux bleus, comme envoûtée. Alors Braguier ne se contrôla plus :

– Quand on marie les pédés, la société est foutue. En plus, ces pervers font du prosélytisme, ils cherchent à convaincre tous les hommes qu'ils sont des homos qui s'ignorent. Ils sont partout. Partout ! D'ailleurs, il suffit de voir les mesures prises par le pouvoir socialiste en leur faveur. Ils se sont infiltrés dans tous les rouages de l'État et maintenant ils constituent le principal pouvoir occulte de l'anti-France. Ouvrez les yeux ma petite, il y a un vrai lobby gay, une mafia ! Il faut sauver la famille, et les sodomites, les enfermer. Ils ont transformé la physiologie de la reproduction en plaisirs abjects, en chienneries. Les pédés veulent la fin de la race ! C'est un crime contre la nation. Pire ! C'est un crime contre l'humanité ! Mais Dieu ne laissera pas faire, sa justice immanente les a déjà frappé. Le sida les punit. La peste des temps modernes. Hissons le pavillon jaune ! Sodome sera détruite !

Comme épuisé par sa tirade délirante, Braguier s'assit derrière son bureau.

– Voilà, mademoiselle, vous savez désormais à quoi je consacre ma vie. J'organise le combat contre ce lobby souterrain qui milite pour la fin de la race. Voilà ma mission. Une mission sacrée ! Ce qu'il faut abattre, ce sont les associations de lutte contre le sida. En apitoyant les gens sur le sort des sidaïques, elles ne font que ramasser pognon, caresses et considérations pour continuer la partouze géante. La partouze mondiale ! Les activistes d'Act-Up ou d'Aides sont membres d'une légion internationale homosexuelle qui veut faire des invertis les moteurs et les modèles de la société de demain. Ils ont des réseaux, partout, des réseaux planétaires. Mais nous sommes là ! Nous veillons !

Cheryl, quoique anéantie par tant de haine et de folie, réagit au quart de tour :

– Professeur, je suis encore sous le choc ! Je suis consternée d'apprendre que nos valeurs chrétiennes sont ainsi menacées. Je n'en crois pas mes oreilles ! Quand vous dites «nous sommes là», c'est que vous n'êtes pas seul. Il existe donc des organisations de lutte contre cette lèpre sociale ? Elles sont nombreuses ?

Cheryl avait été un peu vite en besogne. Braguier se fit méfiant :

– Nombreuses, oui. Secrètes aussi. Vous en savez assez. Vous êtes avertie, soyez sur vos gardes et ne fréquentez jamais cette engeance.

– Mais, c'est que… balbutia Cheryl sur un ton de petite fille apeurée, j'aimerais faire quelque chose moi aussi. Vous aider.

– Nous aider ? Mais, mademoiselle, cela demande une grande conviction, un grand dévouement. Nous n'acceptons pas n'importe qui.

– Oh ! je comprends très bien. Je suppose qu'il faut une sorte d'examen de passage. Je m'y soumettrai, je suis prête à tout !

L'air exalté que sut prendre Cheryl sembla endormir la méfiance de l'infectiologue. C'est comédienne que j'aurais dû être, pensa-t-elle. Il alla jusqu'à lui proposer d'assister à une réunion du groupe Famille et Civilisation. Il prit congé d'elle avec une relative galanterie :

– Je vous avertirai pour la date et le lieu. Il faut que j'en parle aux autres. Soyez patiente.

Patiente. Dans la rue, Cheryl écumait d'impatience, plusieurs heures la séparaient encore de ses retrouvailles avec Mariateresa. La bouffée délirante de Braguier lui avait fait comprendre que par une chance inouïe elle avait réussi à s'infiltrer dans la mouvance de ceux que Jacques combattait et qui, sans doute, avaient commandité sa mort pour des raisons qui restaient à découvrir.

À vingt heures Cheryl tambourina en vain sur la porte de verre de la boutique d'art africain. Elle attendit un moment puis s'installa à la terrasse du café du coin d'où elle pouvait surveiller l'arrivée de son amie. Elle descendit une Gueuze Mort subite. Mariateresa n'arrivait toujours pas. Pour calmer son inquiétude, Cheryl en commanda une autre. Découragée et un peu ivre après sa quatrième ou cinquième Gueuze, Cheryl s'apprêtait à partir quand elle vit surgir Mariateresa. Elle faillit ne pas la reconnaître avec ses lourdes boucles noires ramassées en un chignon sévère, son chemisier blanc boutonné jusqu'au cou et sa jupe grise coupant ses jambes à mi-mollet, la longueur la plus inesthétique qui soit. Elle comprit aussitôt d'où sortait son amie.

Cheryl n'échappa pas au Brunello, Mariateresa avait besoin d'un solide remontant. Elle était surexcitée et parlait à toute allure. Après deux verres de vin elle se calma un peu et Cheryl la convia à reprendre son récit depuis le début :

– C'est simple, mademoiselle Trotignon, tu sais l'horrible sage-femme dont je t'ai parlé, elle m'a appelée à huit heures moins le quart pour m'emmener à son association des Croisés de la Vie. Elle m'a expliqué qu'ils se réunissaient toujours ainsi, au dernier moment, pour déjouer l'ennemi.

– L'ennemi ?

– Oui, ils sont tous un peu paranos dans cette association, persuadés qu'ils sont surveillés, voire infiltrés.

– Remarque, ils ont pas tort. Tu restes une très jolie taupe même déguisée en grenouille de bénitier. Bon, mais l'ennemi, c'est qui ?

– Je ne sais pas moi, j'ai l'impression de sortir d'un asile de fous. L'ennemi c'est Satan, les communistes, les homos, les Arabes, les Juifs, les Noirs, les rappeurs, le Tiers-Monde, tous liés dans un vaste complot destiné à saper les valeurs de l'Occident chrétien. Écoute, j'en suis pas encore remise. Il y avait surtout des membres du corps médical, des femmes en majorité, un avocat aussi. Et une concierge. D'ailleurs, c'est dans sa loge que se tenait la réunion. On était serrés comme des sardines. La Trotignon me terrorise, elle parle de mettre les « sidaïques » dans des sidatoriums, les pédés dans des camps et elle n'hésiterait pas à faire brûler les lesbiennes comme les sorcières au Moyen Âge.

– Tiens, reprends un verre. Je vais te raconter mon entrevue avec Braguier.

– Attends, t'as rien entendu encore ! La Trotignon m'a présenté aux autres comme une pécheresse qu'elle venait de sauver de la damnation. Grâce à elle je n'avorterai pas et l'association m'aidera à élever mon enfant. Ils avaient de l'argent. Beaucoup. Tous étaient d'accord, trop heureux de ramener la brebis galeuse dans le droit chemin. Ils parlaient tous en même temps quand un petit homme s'est levé et a exigé le silence. Il a congratulé Trotignon avant d'exploser verbalement dans une diatribe démente contre la pilule abortive, le RU 486. Dingue, un vrai dingue ! Pour lui le RU 486 c'est le chiffre du diable ! La lettre R de RU est la dix-huitième lettre de l'alphabet. Trois fois six dix-huit. 666, le chiffre de la bête. Le U est la sixième lettre de l'alphabet à partir de la fin : 6 le chiffre du mal. Et 486 : quatre plus huit plus six : encore une fois dix-huit, trois fois six : 666, de nouveau le chiffre de la bête. RU 486 est alors l'agent le plus redoutable de Satan. Donc le Mal intégral, dans toute son étendue et son horreur. Heureusement que j'avais un carnet, j'ai tout noté. Après il a voué aux gémonies le docteur Sakiz, l'inventeur de la molécule RU 486 ou mifépristone. Un médecin n'a pas le droit de tuer, s'est-il mis à hurler. C'est lui qu'on tuera tôt ou tard.

Cheryl, sidérée, était pendue aux lèvres de Mariateresa. Elle en resta un moment sans voix. Puis elle raconta à son amie son après-midi avec Braguier, tout en l'aidant à descendre une deuxième bouteille de Brunello. Décidément, elle préférait le vin à la bière. C'était son seul point de désaccord existentiel avec le Poulpe. Passablement saoules toutes deux, elles partirent dans un immense fou rire qui leur rappela leur adolescence et leurs éclats de rire irrépressibles qui les avaient rendues célèbres dans tout le collège. Ce fut Mariateresa, pourtant la plus saoule des deux, qui tenta de tirer un enseignement de leurs découvertes :

– Bon, nous avons mis les pieds dans un circuit de zozos d'extrême droite, assez dérangés de la cervelle, carrément fanatiques, et alors ?

– Quoi, et alors ? Et alors ? Je sais pas, moi. Je crève de sommeil. Alors fais-moi un double espresso. Et quelques spaghettis. Il faut qu'on réfléchisse. Je coupe l'ail et je mets les assiettes.

– Mais il est deux heures du mat !

– Et alors ? Alors, ça ne va pas. Tu es une taupe, moi aussi, du moins si Braguier me rappelle. O.K., nous sommes les reines de l'infiltration. C'est même incroyable ce qu'on a été vite et ce que ça a été facile. Mais ensuite ? On va pas se farcir toutes leurs réunions, à écouter leurs discours répugnants. Nerveusement, je ne pourrai pas. Je n'ai pas assez de self-control. Surtout, ça peut durer des semaines, voire des mois.

– On n'a pas le choix. Il faut gagner leur confiance et petit à petit dénouer les fils.

– Ouais, c'est comme ça dans les romans d'espionnage, parce qu'ils ont trois cents pages devant eux. Mais je suis sûre que dans la réalité y a moyen de faire autrement.

– Pour accélérer les choses, j'ai peut-être une idée. Ce soir, à la réunion, il y avait une infirmière qui travaille à l'Hôtel-Dieu. Mademoiselle Bernadette Sendal. Une virago ! Tu te souviens de Simone ?

– La rouquine, avec des couettes ?

– Oui, sauf qu'elle n'a plus de couettes. Elle bosse dans le même hôpital. On pourrait la mettre sur le coup.

– On peut toujours essayer. Tu t'en charges ? Le problème c'est que là encore c'est un boulot de longue haleine. Récapitulons : si les assassins de Jacques appartiennent à cette mouvance de fous furieux puritains, ils ne l'ont pas tué seulement parce qu'il connaissait la nature de leurs propos racistes et fascisants. Dans ce cas, nous aussi nous serions en danger… mais, tu pâlis ?

– Ce n'est rien, continue, articula Mariateresa avec une petite voix. Tu sais bien que je suis maladivement peureuse. Depuis l'enfance. Le moindre geste de violence me terrorise. Une simple gifle… continue !

– Tu es sûre ? T'as vraiment pas l'air dans ton assiette. O.K., je continue. Jacques a découvert un truc très compromettant, à nous de savoir quoi. Le fric, je sens que c'est là qu'il faut creuser.

– On tourne en rond, tu l'as déjà dit et redit.

– Vas-y, traite-moi de radoteuse ! De gâteuse pendant que tu y es ! Je peux dormir chez toi ? J'ai la flemme de rentrer.

Les deux filles montèrent dans la salle de bains se démaquiller. Cheryl du moins, qui s'était empressée de remettre du rimmel et du rouge en sortant de chez Braguier. Nue devant le miroir et le visage tout blanc de lait démaquillant, Cheryl se tourna soudain vers sa complice allongée dans la baignoire :

– Je suis une super-conne, j'aurais dû contacter les militants d'Aides. Jacques les a sans doute déjà mis au parfum. Dès demain je fonce les voir. Et maintenant, sors de là, tu vas t'endormir dans le bain. Au dodo !

Le lendemain, entre coups de ciseaux, conseils rassurants, fer à friser, permanente, mini-vague, rouleaux, pulvérisation de laque, massage du cuir chevelu, rasoir et écoute attentive, Cheryl parvint à téléphoner aux dirigeants de diverses associations de lutte contre le sida et à fixer plusieurs rendez-vous. Monsieur Ragout n'en finissait pas de lui raconter son dernier rêve alors qu'elle avait depuis longtemps fini de lui raccourcir les quelques tifs qui ornaient sa calvitie galopante. Tous les quinze jours, le mardi, il passait faire rafraîchir sa coupe. Compréhensive, Cheryl taillait un millimètre puis l'écoutait. Chaque fois elle se disait que ce n'était pas coiffeuse qu'elle aurait dû être, mais psy. Aujourd'hui elle n'eut pas la même écoute bienveillante, un proche de Jacques, Antoine Vacher, son successeur à la tête de Sida-International, l'attendait.

Ils parlèrent des heures, au fond du vieux café enfumé où ils s'étaient donné rendez-vous. Antoine connaissait certains groupes intégristes catholiques, voire nazis, qui au nom du Christ et de l'ordre familial entendaient faire la peau aux homosexuels. Les menaces de mort contre les leaders de la lutte anti-sida étaient presque banales mais n'étaient pas suivies de passage à l'acte. Antoine ne semblait pas vraiment croire à l'assassinat de Jacques. En tout cas, Jacques ne lui avait jamais parlé de la liste découverte dans la chemise noire ni de Braguier. Cheryl était désemparée, elle commençait à douter de tout, même du suicide de Jacques. Devinant le désarroi de la jeune femme, Antoine lui conseilla de rencontrer des membres du CHLAF, le Comité homosexuel et lesbien antifasciste, plus au courant que lui des «visées anti-pédés» de l'extrême droite.

Rentrée tard dans son nid rose et douillet au milieu de ses kangourous, Cheryl n'eut pas le courage, une fois glissée sous son édredon en forme de cœur tout comme son lit, de téléphoner à Mariateresa. Elles ne devaient se retrouver que dans trois jours pour faire le point, sauf imprévu. Or l'imprévu, pour le moment, se faisait plutôt rare.

Ce fut Mariateresa qui la réveilla tôt le lendemain :

– Allô, je ne te réveille pas j'espère !

Sans tenir compte du grognement de Cheryl, elle continua :

– Ababacar me propose d'aller écouter des copains à lui ce soir. Des Malgaches. J'ai eu l'idée d'inviter Simone, on pourra lui raconter notre salade et voir si elle peut éventuellement nous être utile...

– Très bien, excellente initiative ! À ce soir.

Elle raccrocha et se rendormit aussitôt, portée par des rêves vaguement érotiques, quand le téléphone sonna à nouveau :

– Bonjour Alice, c'est Joseph Paoli. Je ne vous réveille pas j'espère ?

– C'est déjà fait ! répliqua la belle endormie de méchante humeur.

– J'aimerais vous revoir. Que diriez-vous d'un dîner cette semaine ?

– Désolée, j'ai pas un soir de libre. Mais au fait, comment avez-vous eu mon téléphone ?

– Acceptez mon invitation et vous saurez tout.

– Rappelez lundi et on verra. O.K. ?

Et sans attendre la réponse elle reposa le combiné et se leva, définitivement réveillée.

Quand, le soir-même, Cheryl entra dans la cave de la rue Saint-Sabin, Mariateresa et Ababacar étaient déjà là, attablés devant un punch. Mariateresa pétillait sous le regard amoureux de son compagnon. Cheryl et Ababacar s'embrassèrent. Elle connaissait peu ce grand gaillard dégingandé dont la silhouette lui rappelait le Poulpe mais elle aimait sa douceur et son bagou plein d'humour. Les musiciens arrivaient, Ababacar se leva pour les saluer et les conduire à leur table. Cheryl en profita pour se pencher à l'oreille de son amie :

– Je ne t'ai jamais vue si belle. Mammamia, quel décolleté ! À croquer tes grosses pêches ! Je peux ?

– Idiote ! Pas un mot aux féministes, je me suis acheté un Wonderbra.

Ababacar présenta D'Gary et Rataza aux deux femmes :

– Je m'appelle en fait Ernest Randrianasolo, expliqua D'Gary, et voici Irma Ratazanina. Bon, à plus tard, c'est à nous.

– Grâce aux copains malgaches d'Ababacar, je commence à vendre des sculptures sur bois de Madagascar, raconta Mariateresa tandis que les musiciens s'installaient. Je te montrerai dans la boutique, un grand totem funéraire. Il faudrait que je me décide à aller là-bas, il y a de très belles pièces à rapporter. Mais j'ai une sainte horreur des voyages, la trouille du changement. Je quitte jamais Paris. Tu m'écoutes ?

Cheryl s'intéressait fort peu à l'art africain et à

l'art en général. *Nobody's perfect*. Elle s'excusa :

– Je pensais à autre chose. Elle arrive ta Simone ?

D'Gary entamait les premiers accords sur sa guitare à six cordes, une guitare volubile et incroyablement alerte. Rataza chantait, d'une voix aride et rocailleuse. Une grosse fille s'approcha de leur table.

– Simone ! s'exclama Mariateresa. Assieds-toi. Tu reconnais Cheryl ?

– Bien sûr, t'as l'air d'avoir toujours quinze ans. Mais t'es encore plus belle !

– Chut ! sourit Cheryl, on gêne tout le monde. On causera plus tard.

Cheryl, elle, n'aurait jamais reconnu Simone. Elle avait pris vingt kilos et débordait de graisse, ses cheveux roux pendaient lamentablement en mèches huileuses. Un vrai cageot ! Faudra que je lui offre une coupe, pensa charitablement la blonde coiffeuse. Et un déodorant.

Ababacar montra du doigt à ses compagnes le hochet en boîte de conserve pleine de graines qu'un des musiciens frappait sur la paume de la main.

– C'est un katsa, leur dit-il à voix basse. Quant aux paroles, c'est genre engagé : haro sur les puissants et les corrompus.

Tous se laissèrent porter par ces rythmes malgaches proches des musiques de transe. Cheryl frétillait sur sa chaise, elle crevait d'envie de se défouler en dansant, Mariateresa semblait prise de frénésie extatique et même la pauvre Simone agitait son gigantesque poitrail en cadence.

Lors d'une interruption, les trois ex-collégiennes purent redescendre sur terre pour comploter à loisir. Simone connaissait par chance l'infirmière-virago membre des Croisés de la Vie, Bernadette Sendal.

– Une femme revêche et méprisante qui ne m'adresse jamais la parole, leur expliqua-t-elle. C'est la chef. Moi j'suis juste fille de salle et je m'occupe de la lingerie. La seule fois où elle m'a causé, c'est en m'interpellant «toi, la grosse !» et en m'engueulant. Alors, entrer dans ses confidences, c'est pas possible. Je vais fouiner quand même, mais avec ma corpulence, j'suis aussi discrète qu'un hippopotame. C'est con que j'sois si moche, car je crois qu'elle aime les femmes. Du moins c'est ce qu'on raconte. Toi Cheryl, tu la ferais fondre.

– Elle aime les femmes ? s'étonna Cheryl, émue par la lucidité triste de la pauvre Simone. Qu'est-ce qu'elle fout chez les pro-vie et tutti quanti ?

– C'est pas notre problème, trancha Mariateresa.

– N'empêche, j'aime bien comprendre. Chez ces ordures-là, le lesbianisme aussi est une pathologie, un crime contre la nature.

– Dites donc, j'ai une idée, reprit Mariateresa. Si c'est vrai, tu pourrais essayer de la séduire, Cheryl.

– Ça va pas, non !

– Mais oui ! rechérit Simone. T'as qu'à me rendre visite à l'hosto quand elle est là. Sexy et sapée comme t'es avec ta jupe fendue…

– T'as qu'à, t'as qu'à, et ensuite ? La culbuter dans mon lit, ou me laisser culbuter ! Ma quête de la vérité a ses limites.

– T'es pas forcée d'en arriver là, reprit judicieusement la débordante rouquine. Viens demain, elle est là toute la journée et son bureau est à deux pas de la lingerie.

– Ah non ! demain j'ai justement rendez-vous

avec les lesbiennes du CHLAF, des lesbiennes antifascistes si vous préférez. Ça suffira pour la journée.

– Raciste ! commenta Mariateresa.

– Et après-demain, je peux la voir, ta kapo en blouse blanche ? concéda Cheryl.

– Oui, oui, je t'attendrai vers quatorze heures, elle est toujours dans les parages à ct'heure-là.

D'Gary annonça qu'ils allaient jouer *Mbo loza*, *Quel malheur*, et, sur sa six cordes, il reprit toutes les subtilités des harpes, mandolines et luths malgaches.

La journée commença mal pour Cheryl qui dut affronter la coalition de ses deux stagiaires. Elles ne supportaient plus les trop fréquentes absences de la patronne.

– Plaignez-vous ! se défendit la susdite patronne. C'est bien la première fois que des employés râlent d'être trop libres ! Mettez-vous en grève pendant que vous y êtes !

– Mais, Cheryl, protestèrent d'une seule voix Prune et Mirabelle, tu nous manques ! C'est morne sans toi ici, on rigole plus. Et tu es en train de perdre tes clientes. Tu sais bien qu'elles viennent surtout pour te voir.

– Écoutez les filles, j'ai de gros soucis en ce moment. Une affaire à régler. Mais après, c'est promis, je bouge plus.

Et Gabriel ! pensa Cheryl. Ça sera la vraie brouille s'il veut m'enlever et que je lui annonce que mes deux stagiaires sont prioritaires !

Elle passa la matinée au salon en compagnie de Prune et Mirabelle à qui elle apprit la subtilité d'une décoloration platine, en deux temps, pour éviter toute couleur jaune pisseux, et l'art du dégradé pour donner du volume à des cheveux désespérément plats. Rassérénées, les deux demoiselles la laissèrent filer sur le coup des quinze heures.

Lucie et Nadine formaient ce qu'on appelle un couple, et contrairement aux idées reçues, l'une n'était pas hommasse et l'autre ultra-femme. Mignonnes à croquer, jeunes et délurées, rivalisant d'un sex-appeal à faire damner un quarteron d'archevêques, voilà au contraire le tableau qu'elles offrirent à Cheryl. Cheryl dont la présence semblait ravir les deux amantes : elles appréciaient en connaisseuses l'azur de ses yeux comme la grâce féline de son corps il est vrai particulièrement mis en valeur ce jour-là par son pantalon de cuir noir et son tee-shirt en soie. Elles l'écoutèrent avec une grande attention et Nadine bondit des coussins dans lesquels elle était vautrée quand Cheryl parla des menaces de mort qui pesaient sur Jacques :

– Lucie, tu entends ? Je t'ai toujours dit qu'il fallait prendre au sérieux ces menaces. J'ai toujours pensé qu'il s'était pas suicidé. Toujours.

– Ouais, tu as toujours raison. Mais pour une fois tu as raison pour de bon.

– Tu te souviens, c'est Jacques qui a fait la lumière sur l'infiltration néonazie dans nos rangs. C'est grâce à lui qu'à Marseille on a expulsé ces nostalgiques de Röhm et des SA de notre université d'été homosexuelle. De l'organisation de la Gay Pride aussi. Déjà à ce moment-là je t'avais dit qu'il était en danger.

– Je comprends pas bien, questionna Cheryl, y a

des homos d'extrême droite ? Enfin je veux dire, des homos qui s'affichent en tant que tels ?

– Oui, ils ont même un journal, *Gaie Nation*.

– Ah bon, mais je croyais que les fachos rejetaient complètement l'homosexualité !

– En principe, ça oui, expliqua Nadine. C'est là toute l'hypocrisie. Tu sais comment ils sont organisés : entre hommes, en rejetant les bobonnes. Mouvements de jeunesse, groupes paramilitaires, bandes de séminaristes, etc. Ce qui est toléré, c'est une homosexualité « virile ». Pas les folles. Si tu préfères, ils acceptent une conception national-socialiste de l'homosexualité. Avec Jacques, on est même tombés sur des textes qui exaltent l'homosexualité comme fondement de l'État, créatrice de la culture et ciment de la « communauté raciale » par le biais des « confréries masculines ». Leur journal de merde, *Gaie Nation*, diffuse tout un imaginaire sur le « guerrier européen ». La pédérastie permet l'initiation des jeunes garçons, tout ça assaisonné d'ésotérisme, avec cérémonies les nuits de solstice. Leurs modèles, je te le donne en mille, ce sont les Aryens pur jus, les éphèbes grecs et les beaux athlètes blonds des jeunesses hitlériennes et bien sûr les S.A. avant la Nuit des longs couteaux. Dans ses éditos, *Gaie Nation* appelle la communauté homo à rompre avec notre société décadente, pour s'affirmer comme une élite. Je pourrais t'en débiter des tartines comme ça !

– Tu m'ouvres des horizons, très bruns, commenta Cheryl. Et chez vous, les filles, y a aussi un entrisme d'extrême droite ?

– Ah ça, pas possible ! rigola Lucie. Le lesbianisme est condamné sans appel. Tu penses ! Nous défions les «valeurs viriles» fondatrices de la société occidentale. Nous sapons les bases de la famille en refusant la fonction «naturelle» et «biologique» de la femme, simple reproductrice de l'espèce et gardienne des valeurs.

– Même le simple féminisme «égalitaire», comme ils disent, leur fait horreur, renchérit Nadine. Le féminisme détruit l'identité spécifique de la femme et déstructure les relations hommes-femmes...

Lucie sourit à sa compagne et lui coupa la parole tout en se blottissant contre elle :

– C'est pas faux à 100 %, non ? En fait, c'est très simple, ils nous ignorent. Nous les «hystériques», les «dames de la pelouse». Et pour cause, la femme n'existe pas en dehors de sa fonction de pondeuse. Bon, te voilà à peu près briffée. Mais ces salopards qui ont tué Jacques, je vois pas comment on peut t'aider à les coincer.

– Déjà, de savoir que vous êtes persuadées qu'on l'a tué, ça m'aide à recharger les batteries. Je commençais à penser qu'avec Mariateresa on s'était construit tout un roman.

– Il y a un truc que je ne comprends pas, reprit Nadine, c'est pourquoi Jacques ne nous a jamais parlé de cette liste dans la chemise noire, ni de ce Braguier.

– Sûrement parce que son enquête ne venait que de débuter, qu'il n'avait aucune certitude, avança Cheryl. Ou alors au contraire parce qu'il en savait déjà beaucoup, qu'il mesurait le danger et voulait vous protéger.

– C'est tout à fait lui, protéger les autres, confirma Lucie. Il aurait porté la terre entière sous son aile, du moins tous les rebuts de la planète, tous les chtarbés, les séropos, gouines, pédés, prostituées, toxicos, Noirs, folles, Arabes, prisonniers, essedéèffes et j'en oublie des dizaines…

Nadine s'était levée pour leur resservir de son cocktail-maison. Elle jubila :

– J'ai une idée ! On pourrait déjà te donner un coup de main dans ton enquête, te faire gagner du temps. Vérifier que tous ceux de la liste appartiennent bien à des groupes du type traditionaliste-intégriste.

– Ça, c'est quasiment certain, coupa Cheryl.

– D'accord, mais il faudrait dresser un organigramme de ces associations, voir s'il y a des liens entre elles. Faire des recoupements. Tâcher de savoir qui les finance, etc. Je suis sûre qu'on finirait par mettre la main sur des choses vachement dérangeantes pour certains !

Lucie buvait les paroles de son amie. Quand elle se rassit près d'elle dans le vaste canapé, elle ne put s'empêcher de l'embrasser avec fougue :

– Bravo, mon amour ! Tu as toujours une vue d'ensemble. Mais c'est un travail de fourmi que tu nous proposes là.

– Exactement. Ou d'araignée plutôt. Tendre des fils, tisser une toile, voilà notre boulot. Nous en avons les moyens, avec toutes celles du Comité.

– Avec les mecs aussi, contesta Lucie.

– Sûr, avec les mecs aussi. On est assez implanté en province, ça évitera de se déplacer. Je propose qu'on se revoie très vite, avec Juliette et Samir. Question orga, ils sont très efficaces.

Cheryl, elle, buvait du petit-lait. Grâce à Nadine, Lucie et au CHLAF son enquête allait pouvoir avancer à pas gargantuesques. Elle l'espérait, du moins. Et puis, elle sentait qu'elle venait d'élargir le cercle de ses copines, et dans ce domaine au moins, elle ne se trompait jamais.

Le lendemain, à quatorze heures, Cheryl abandonna une nouvelle fois Prune, Mirabelle et ses clientes pour se rendre à l'Hôtel-Dieu, dans l'île de la Cité. Connaissant bien ses classiques, elle frémit rétrospectivement d'horreur en longeant les murs de la Préfecture de Police qui côtoyait l'hôpital. Lui revenait en mémoire, par bouffées sordides, le récit que lui avait fait Gabriel : là, derrière ces murs, dans la nuit du 17 octobre 1961, des flics avaient torturé et achevé plusieurs dizaines d'Algériens. Au cœur de Paris ! Pendant des jours la douce Seine avait charrié des cadavres. Bilan officiel : un mort. Et devine qui était préfet de Police en 1961, lui avait demandé Gabriel ? Papon.

Simone l'attendait comme convenu. Elle semblait survoltée :

– Tu seras contente, Cheryl. L'infirmière-chef, je ne la quitte plus d'une semelle.

– Normal, pour une Sendal !

– Sois sérieuse ! pouffa Simone. Bon, j'ai fouillé les tiroirs de son bureau en faisant le ménage. Rien. Ni dans la corbeille à papier. Mais t'inquiète, un jour ou l'autre j'finirai bien par trouver quelque chose.

– Fais gaffe quand même ! Ces gens-là sont dangereux. Beaucoup plus qu'on ne croit.

– Je risque rien, elle m'ignore. J'existe pas. Pour une fois que j'peux m'en féliciter ! Et attends, c'est pas tout, se rengorgea Simone, j'écoute aussi ses conversations. Quand elle est au téléphone, je colle mon oreille à la porte. J'arrive à choper quelques mots. Eh ben hier, j'l'ai entendu dire plusieurs fois Madagascar. Marrant comme coïncidence ! Mais j'ai pas compris de quoi il s'agissait.

– Madagascar, tu es sûre ? Tu n'avais pas trop bu la veille ? Ou rêvé à un beau musicien malgache ? En tout cas moi, un Malgache en transe est venu troubler ma nuit. Genre pâtre grec, en très noir.

– Sûre, j'te dis.

– Bon, O.K., ça ne nous avance guère. Aucun rapport avec ce que nous cherchons. Mais bravo, continue, il ne faut rien négliger.

– La chef n'est pas dans son bureau. Viens, en attendant, je vais t'faire visiter la lingerie. Mon royaume !

Cheryl admira les piles de draps rangées avec soin dans l'immense salle et demanda naïvement :

– Mais ce n'est quand même pas toi qui repasses tous ces draps ?

Simone éclata de rire :

– Non, bien sûr. Y a une laverie au sous-sol. Très impressionnante. J'te montrerai : d'énormes machines, on en mettrait dix comme toi dedans, et vous sortiriez blanchies et essorées avant d'être laminées dans les repasseuses au milieu de vapeurs infernales.

– Qu'attends-tu pour m'y amener, c'est dantesque ton truc !

– Plus tard, j'entends ses talons aiguilles qui arrivent.

L'infirmière-chef marchait d'un pas altier dans le couloir, vêtue d'une blouse blanche impeccable boutonnée jusqu'au menton, qu'elle avait pointu, les cheveux tirés sous une toque lui donnant l'air martial. Elle portait des escarpins rouges à très hauts talons. Simone, prise d'une impulsion subite, lui barra la route de son corps volumineux :

– Mademoiselle Sendal, je voudrais vous parler.

– Mais enfin, poussez-vous. Qu'est-ce qui vous prend, répondit la Sendal d'une voix cassante. Je n'ai pas le temps.

– Je voulais vous présenter une amie, elle fait une enquête sur le métier d'infirmière. J'ai pensé que vous étiez la personne la plus compétente pour lui répondre.

– Je déteste les journalistes, rétorqua la cheftaine en blanc tout en dévisageant Cheryl.

Cheryl se retint difficilement de lui dire qu'elle, elle détestait les kapos. Elle réussit même à lui servir un sourire charmeur.

– Elle est pas journaliste, c'est pour une thèse, insista habilement Simone.

La kapo sembla se radoucir :

– Une thèse ? Vous êtes universitaire ? Eh bien, vous n'en avez pas l'air ! J'ai trop de travail. Je n'ai pas le loisir de m'amuser à écrire des thèses, moi ! Je m'occupe de la souffrance des autres.

Sur ces paroles définitives, elle entra dans son bureau et claqua la porte.

– Je t'avais dit, une teigne ! En tout cas, tu n'es pas son genre.

– Tant mieux, je la sentais pas cette histoire. Au bout de cinq minutes je n'aurais pu m'empêcher de lui envoyer une torgnole à lui rendre la gueule plus rouge que ses godasses. Mais chapeau pour ton sens de la repartie, ça aurait pu marcher.

Simone rosit de plaisir et prit son ancienne condisciple sous le bras :

– Oh Cheryl ! Cheryl ! Je suis si contente de vous avoir retrouvées Mariateresa et toi. Au collège, vous étiez mes idoles. Toi surtout. T'étais un vrai garçon manqué. Et vachement féminine en même temps ! Tu te mêlais de tout, de tout ce qui n'allait pas. On te surnommait Robine des Bois. Tu l'ignorais ? Je n'avais pas d'amies, j'vous ai maintenant.

De plus en plus gênée, Cheryl lui fit un gros baiser affectueux et s'excusa de devoir partir. Simone la laissa s'éloigner à regret. Quand Cheryl eut atteint le bout du couloir, elle l'entendit crier :

– Je vais intensifier ma surveillance. Tu verras, je t'en fournirai des renseignements !

Interdite, Cheryl constata qu'heureusement la porte de la kapo était toujours fermée.

Deux jours passèrent. Mornes. Rien du côté de Nadine et Lucie ni de celui de Mariateresa. Braguier n'appelait pas non plus. Il lui avait dit d'être patiente. Paoli, par contre, appelait à tout bout de champ. Il avait entrepris le siège de la belle. Cheryl l'envoyait paître à chaque appel, avec courtoisie néanmoins. Autre règle élémentaire du métier d'espionne : ne jamais blesser l'orgueil d'un homme qui peut – on ne sait jamais – vous être utile.

Le troisième jour, Simone appela au salon. Cheryl, occupée à ciseler une nuque, la fit un peu attendre. Simone lui parla d'une voix à peine audible et surexcitée à la fois :

– J'ai du neuf. J'peux pas parler fort, j'suis dans

le bureau de la Sendal. Voilà : tout à l'heure au téléphone elle engueulait quelqu'un. J'ai pu entendre distinctement des mots par-ci, par-là. Il était question d'une histoire de curés, très organisés. Elle disait chez les gibbons, ces sales gibbons. Elle a parlé de pierres précieuses, de saphirs, j'en suis sûre. Et puis d'un professeur. Le professeur, le professeur, c'est revenu plusieurs fois. T'y comprends quelque chose ?

– Pas encore, mais petit à petit ça peut prendre un sens. Sois plus prudente, si elle te surprend, elle te fera virer, c'est sûr. Tu veux quand même pas faire gonfler les statistiques du chômage ou élargir les rangs des érémistes !

Simone partit dans un grand rire enfantin avant de susurrer :

– J'entends ses talons… rouges ! J'raccroche, à bientôt.

Le téléphone sonna de nouveau : Nadine la conviait à dîner avec Mariateresa pour « leur affaire ». À peine le combiné reposé la sonnerie retentit à nouveau : Joseph Paoli cette fois. Cheryl, exaspérée, lui raccrocha au nez. J'aurai pas dû, mais tant pis… pensa-t-elle en saisissant la tondeuse pour terminer la nuque de sa cliente.

Ils étaient six, attablés autour d'un civet de lapin aux pruneaux mitonné par Lucie et de plusieurs bouteilles de Brunello de Montalcino apportées par Mariateresa. Cinq filles et un garçon. Des femmes, encore des femmes, pensa Cheryl toute chose. Si au moins mon Poulpe était là certains soirs pour compenser !

Juliette, au beau visage de madone, expliquait à l'assistance que des copines de province avaient détecté comme intégristes catho ou assimilés deux pharmaciens figurant sur la liste de Jacques. L'un à Périgueux, l'autre à Soulac-sur-Dune. Ce dernier avait d'ailleurs déjà eu maille à partir avec la justice pour avoir refusé de vendre des pilules. Samir, très à l'aise au milieu de cet éventail de jolies femmes, ajouta, de façon un peu théâtrale :

– Et devinez qui l'a défendu ? L'avocat de Touvier lui-même. Ce même avocat était présent aux obsèques dudit Touvier. Avec d'autres ultras il y a parlé d'« éradiquer les soixante-huitards » et au sénateur qui se tenait à ses côtés, il a suggéré d'inventer de nouveaux délits comme le « vagabondage sexuel » ou le « port de maladie contagieuse ».

– Sans vouloir faire la pédante, renchérit Nadine, je vous rappelle que ce salopard de Touvier, le chef de la Milice de Vichy, a été protégé par l'Église. On retombe toujours sur nos pattes, les évêques, les curetons, les papistes...

– Pas d'anticléricalisme primaire, nom de Dieu ! s'esclaffa Mariateresa en se resservant du vin.

– On va se gêner, peut-être, reprit Samir. Le pape, j'attends qu'il crève ! Vous connaissez sa dernière à Popol ? Il a interdit aux femmes bosniaques violées de se faire avorter ! Le message papal, il est clair : anti-IVG, anti-homo, anti-préservatif. En France, c'est le Conseil pontifical pour la Famille qui le diffuse, et toutes ces mystérieuses officines luttant « pour le respect de l'identité française et chrétienne » prennent le relais. Ils ont constitué tout un réseau avec des médecins, des policiers, des chercheurs, des députés, des magistrats…

– T'es pas un peu parano ? Tu deviens comme eux, ma parole, coupa Lucie malgré sa timidité. Des réseaux, des réseaux, toujours des réseaux !

– Je crois qu'il a raison, intervint à son tour Mariateresa passablement avinée. Il y a quelques semaines, j'y aurais pas cru. Mais depuis qu'on travaille à élucider la mort de Jacques, j'ai pigé qu'ils étaient très organisés. Et beaucoup plus puissants et influents que tout ce qu'on peut imaginer. À nous maintenant de démanteler ces fameux réseaux.

– Démanteler leurs réseaux ! Rien que ça ! s'exclama Juliette. Tu te prends pour 007 ?

Toute la tablée rigola, y compris Cheryl. C'est vrai, pensa-t-elle ravie, elle se prend pour James Bond. On me l'a changée, ma Mariateresa ! Sans se laisser désarçonner par les rires qui continuaient de plus belle et avaient sans doute aussi pour origine la forte quantité de vin qu'ils avaient tous déjà absorbée, l'Italienne nouvellement promue espionne poursuivit, volubile :

– Tout me remonte depuis quelque temps. Mon éducation ultra-catho, un vrai dégueulis ! En classe de seconde, mes parents m'ont fichue dans une école privée, affiliée à l'Opus Rei, sous prétexte qu'il y avait d'excellents professeurs. Ils forment l'élite, m'expliquait mon père qui, lui, savait à peine lire ! C'était gratuit pour les élèves méritants. En fait, on y apprenait le mensonge. Il fallait rien dire aux parents de ce qui se passait dans l'école. J'étais première partout au collège, tu te souviens Cheryl ?

Chez eux, fini. J'avais trop les jetons pour me révolter, alors je restais sage comme une image mais je n'ouvrais plus un bouquin. À confesse je ne desserrais pas les lèvres. On m'a virée au bout de six mois.

– C'est l'époque où t'avais un copain peintre, se souvint Cheryl.

– Oui, Ernest. Un jour, dans son atelier, il a dessiné des cadavres. Grandeur nature. Des gisants. Il voulait que je l'accompagne pour les mettre en place. À l'aube. Impossible avec ma trouille légendaire ! J'ai demandé à Cheryl de me remplacer.

– Les mettre en place ? questionna Juliette.

– Il les a étalés sur les marches des escaliers du Sacré-Cœur. Les cadavres des Communards ! Les flics l'ont arrêté avec Cheryl, ils ont déchiré tous les cadavres.

– Mais Ernest avait eu le temps de prendre des photos, expliqua Cheryl. Il était génial ce type. C'est la seule fois de ma vie où je me suis intéressée à la peinture. Après, il a fait la même chose sur l'escalier du métro Charonne.

– Tu me l'aurais bien piqué, mon copain, sourit Mariateresa. Mais tu avais des principes. Bon, on emmerde tout le monde avec nos souvenirs. Pour en revenir à l'Opus Rei, l'autre jour, à la réunion des Croisés de la Vie, je me suis sentie replongée dans la même atmosphère. J'ai eu envie de dégueuler. Pour de bon.

– Il faudrait peut-être enquêter sur l'Opus Rei, suggéra Samir.

– Du calme, du calme, dit Juliette en se levant. Ça part dans tous les sens. On a tous trop biberonné, on verra demain. Samir, si tu nous mettais un peu de musique ?

Lucie et Nadine se mirent bientôt à danser une salsa. Cheryl, qui adorait danser, fit taire son désir de frénésie corporelle. Elle aimait toutes les danses, les métissées surtout, celles qui sentaient l'Afrique, Cuba ou le Brésil, boléro, danzôn, mambo ou rumba mais elle n'allait pas pour autant frotter ses seins et son pubis sur ceux de ses compagnes. Les caresses avec une autre femme ne l'avaient jamais tentée. Quant à Samir, il évitait les contacts féminins et discutait avec Mariateresa. Il faisait très chaud. Quelques verres de gin-fizz plus tard, quand Juliette tira Cheryl par le bras pour la soulever du profond canapé et la faire danser, elle se laissa faire. Juliette, les mains posées sur les hanches de Cheryl, faisait onduler leurs deux corps au rythme d'une guaracha. On se serait cru dans une maison de passe de La Havane. Les autres les regardèrent un moment, diablesses excitantes se déhanchant, ventre contre ventre, dans un même mouvement lascif. Cheryl sentait le trouble monter en elle, une sorte de vertige irradier ses membres. Elle frissonnait. Juliette tenta à plusieurs reprises, tout en douceur, de l'entraîner dans la chambre du fond. La troisième fois, sa résistance céda.

Le lendemain matin Cheryl coupa machinalement quelques têtes. Elle avait une légère gueule de bois et semblait un peu absente. Prune lui demanda ce qui n'allait pas et lui conseilla d'aller boire un double-express. Cheryl ne se fit pas prier et s'attabla bientôt au Pied de Porc à la Sainte-Scolasse, non sans avoir sacrifié au rite des baisers sonores sur les joues du couple de taverniers et de la chansonnette fredonnée à l'oreille de Léon :

« J'aurai ta peau Léon, Léon, Léon... »

Gérard tortilla plusieurs fois sa moustache :

– Dis donc petite, on te voit plus beaucoup depuis quelque temps ?

– Bravo Maigret !

– T'as l'air bizarre, tu planes ou quoi ! continua le brave Gérard aussi perspicace que psychologue.

– Et tes oignons, ils poussent bien ? Pisse dessus, c'est excellent ! Si on peut même plus boire son café tranquille...

– Ça va, ça va la miss râleuse...

Et le moustachu-ventru se replongea dans la lecture de son journal favori.

Vlad, le cuistot, abandonna un moment ses fourneaux pour une bière bien fraîche. Il jeta un coup d'œil au titre du *Parisien* à moitié masqué par l'ombre que faisait la bedaine de Gérard.

– Meurtre au sèche-linge ! C'est pas banal. Ça ferait un bon titre de Série noire.

– Pousse-toi, dit Gérard, j'te lis l'article si tu veux : *« Un crime atroce à l'hôpital de l'Hôtel-Dieu... »* Attends, je lis plus bas, on dérange mademoiselle !

Cheryl, toute pâle, venait de se lever. Elle arracha le journal des mains de Gérard interloqué et lut :

« On a découvert cette nuit le corps d'une femme dans un sèche-linge industriel de l'Hôtel-Dieu. Le corps, disloqué, ébouillanté, couvert de cloques, n'avait plus forme humaine... Le sèche-linge, ultra-moderne, tourne à trois mille tours minute...

On ignore encore le nom de la victime.»

Vlad se précipita sur Cheryl qui tournait de l'œil et évita de justesse qu'elle ne s'ouvrît le front sur l'angle de la table. Une bonne gifle la fit revenir à elle. Vlad, en authentique ex-médecin pour qui sauver un malade prime sur ses rancœurs personnelles, Vlad donc, malgré ses origines roumaines, lui fit boire une gorgée de vodka russe. Maria, venue à la rescousse, mit un linge glacé sur le front de Cheryl. Léon participa à l'affolement général en léchant avec frénésie les pieds de la jeune femme. C'était lui le plus inquiet.

Cheryl retrouva ses esprits mais refusa de les éclairer sur la source de son malaise. Encore sous le choc, elle en était de toute façon incapable. Malgré les protestations de ses sauveteurs, elle décida de retourner au salon. Travailler, ne pas penser, ne pas imaginer. Vlad la raccompagna et la confia aux deux stagiaires.

Tout l'après-midi, en silence, Cheryl coupa, frisa, coiffa. Ses clientes renfournèrent leur babillage habituel en découvrant le visage fermé et dur de la jeune femme, si douce d'ordinaire. Vers dix-neuf heures, elle planta là ses clientes et, les ciseaux encore à la main, monta dans sa chambre au-dessus du salon. Elle leva le bras et creva son kangourou favori d'un coup de ciseaux. Prune, qui l'avait suivie, l'entendit crier «ces salopards, j'aurai leur peau !» puis la vit s'effondrer en sanglots bruyants sur son lit en forme de cœur tout en serrant convulsivement contre elle son kangourou éventré.

* * *

À vingt heures, douchée et maquillée, Cheryl entrait chez Mariateresa qui trouva mauvaise mine à son amie.

– Tu es bien pâlichonne malgré ta couche de blush ! Forcément, après cette nuit mouvementée ! Je n'insisterai pas ! Ça tombe bien que tu sois venue ce soir, j'ai du neuf. Simone…

– Simone ?

– Oui, Simone ! Pourquoi tu fais cette tête ? J'ai reçu un mot d'elle ce matin. Elle a trouvé dans la corbeille à papier de la kapo aux talons rouges un papier à en-tête. Devine quel en-tête ?

– Accouche, lui répondit Cheryl livide sur un ton rageur.

– Tu dérailles ? Ça ne te réussit vraiment pas les expériences nouvelles ! Bon, si tu veux savoir, le papier avait pour en-tête l'Opus Rei !

– Répète, l'Opus Rei ?

– Oui, l'Opus Rei.

– Mariateresa, va chercher une bouteille de Brunello et viens t'asseoir près de moi. J'ai à te parler.

Les deux amies burent et parlèrent beaucoup cette nuit-là. Elles s'endormirent l'une contre l'autre, larmes et cheveux mêlés.

***

Le lendemain soir, la blonde et la brune franchirent bras dessus bras dessous la porte du Pied de Porc à la Sainte-Scolasse.

– Bonsoir Cheryl, tu vas mieux ? lança Gérard. Qu'est-ce qui a pu t'arriver ? C'est quand même pas cette histoire de sèche-linge qui t'a fait tourner de l'œil !

– Salut à tous, fit Cheryl sans tenir compte de la remarque, je vous présente une vieille amie.

– Et tu nous avais caché si longtemps ce trésor ! Quelle égoïste !

Il s'extraya avec une étonnante vélocité de derrière son comptoir pour tendre la main à la nouvelle venue et la regarder de plus près.

– Installez-vous mes jolies, vous êtes mes invitées.

– C'est que… hésita Cheryl, on a besoin de voir Maria, on a des questions à lui poser.

– C'est pour elle que vous êtes venues, pas pour moi ?

Gérard cessa de jouer le susceptible en remarquant l'air grave des deux jeunes femmes. Il n'insista pas :

– Maria, on te demande.

Maria, du fond de sa cuisine, n'avait pas perdu une miette de la conversation. Elle retira son tablier et entraîna les deux amies dans un recoin tranquille du restaurant. Léon suivit la cohorte des comploteuses et s'installa aux pieds de son égérie, sa position favorite. Les présentations faites, Cheryl demanda aussitôt :

– Dis-moi, Maria, je t'ai souvent entendu parler de la guerre d'Espagne. Ton père y a perdu la vie. Toi-même, tu as milité contre Franco, avec tes copains anars. Combien de fois tu m'as parlé de Puig Antich, quand Franco l'a fait garrotter…

– Où veux-tu en venir, tu vas pas raconter ma vie à ta copine, ce n'est pas intéressant.

– Que tu dis ! Un jour je t'enregistrerai au magnéto, pour l'histoire, avec un grand H. Voilà, j'ai pensé que tu devais savoir pas mal de choses sur l'Opus Rei. C'est bien un cureton espagnol qui l'a fondée, Balader, ou Balaguer ?

– Sancho Palabra de Alpaguer, répondit fièrement Maria tout en réajustant le peigne en écaille incrusté de nacre qui maintenait sa lourde chevelure. Il a mené une vraie croisade contre les Républicains aux côtés de Franco. Ça, c'est connu. Ce qui est moins connu c'est qu'il a créé une école « Hardi, chrétiens ! » pour les élites. Des élites de fanatiques prétendument laïques dont la mission est de prendre le pouvoir pour faire triompher la parole de l'Église. L'Opus Rei a des universités sur les cinq continents, elle est infiltrée partout dans les pouvoirs temporels.

– Ton Alpaguer, il a pas été mêlé au coup d'État contre Allende au Chili ?

– En tout cas, il était là juste après le putsch et n'a jamais dénoncé la torture. Et très pote avec Pinochet. Pas étonnant, après la guerre il trouvait que le génocide juif avait été un rempart « providentiel » contre le communisme.

– Alors, les filles, on complote, l'interrompit Gérard en déposant trois bières sur la table. Qu'est-ce que je vous sers à manger ?

– Plus tard, le rabroua Maria en lui jetant un œil noir à faire mourir d'apoplexie un taureau. Où en étais-je ? L'heure de gloire de l'Opus Rei, ç'a été avec l'élection de Jean-Paul II. L'Opus Rei est devenu la vraie garde blanche du Vatican et l'arme secrète de la reconquista catho. Le pape et la Pieuvre ! Tout un programme. Jean-Paul s'est servi des prélats de l'Opus Rei pour lutter contre la théologie dite de la libération, en Amérique latine et dans tous les pays pauvres. Il a nommé là-bas des évêques ultra-conservateurs, tous membres de l'Opus Rei. Pas que chez les Latinos, en Afrique aussi et à Madagascar. C'est l'époque où le tiers-monde est devenu l'enjeu majeur pour l'Église catholique.

– Ah oui, je me souviens, il a même fustigé publiquement un père devenu ministre au Nicaragua, dit Mariateresa dont on entendait la voix pour la première fois.

– Oui, et ça ne lui a pas réussi. Il a été hué par la foule. Pendant des heures des manifestants ont couvert sa voix et l'ont empêché de parler. Ce fut un affront terrible.

– J'ai vu la scène à la télé, chez ma mère, reprit Mariateresa. Ma mère s'est mise à chialer, moi, je jubilais.

– Mécréante, rigola Maria. Pour en revenir à José Sancho Palabra de Alpaguer, vous savez sans doute que le pape l'a canonisé. En même temps qu'une ex-esclave soudanaise ! Canoniser ce minable, ce petit-bourgeois ambitieux, coléreux et vaniteux. Il s'était acheté un titre de noblesse ! Le comte de Stercora !

– J'ignorais tout ça, constata Cheryl. Mais dis, t'as parlé de pieuvre. Explique-nous, c'est ça qu'on veut savoir, les liens de l'Opus Rei avec les associations intégristes.

– Je ne suis pas très au courant. Mais pourquoi diable voulez-vous savoir cela ? Écoute Cheryl, j'en ai parlé avec Gérard. On te trouve bizarre depuis quelque temps. On te voit à peine, tu es tendue, tu t'évanouis. On est inquiets. T'as pas maigri ? J'ai l'impression que si.

– Je t'adore, coupa Cheryl en l'embrassant sur la joue. T'en fais pas, je te raconterai plus tard. C'est un jeu. Et elle jeta un clin d'œil à sa complice, tout en pensant que le jeu était bien sinistre. Alors, Maria, qu'est-ce que tu sais de plus ?

– Je sais qu'ils ont du fric, beaucoup de fric. Si tu voyais le luxe de leurs universités, surtout tournées vers le management d'ailleurs, la culture d'entreprise ! C'est un mouvement très lié au pouvoir dans les pays catholiques. Même en France, plusieurs membres de nos gouvernements de la Vème sont proches de l'Opus R... enfin de l'Œuvre comme on dit ici.

– Et d'où vient ce fric ? questionna Mariateresa.

– De grandes familles, des industriels financent. Mais pas seulement. Le Vatican, bien sûr. Depuis l'époque de la guerre froide. Le Vatican a donné beaucoup d'argent au clergé de Cochinchine pour combattre le communisme. Grâce à ce pognon l'Opus Rei est très présente dans les ex-colonies françaises.

– Donc à Madagascar ? demanda soudain Cheryl. Elle venait de se souvenir que Simone lui avait dit avoir entendu plusieurs fois «Madagascar» derrière la porte de l'infirmière-chef. L'infirmière forcément meurtrière.

– Oui, à Madagascar, ils sont très implantés, mais aussi en Zambie, au Malawi...

– Arrête ! hurla Cheryl. Ça me chatouille !

Les deux Maria la regardèrent interloquées.

– C'est Léon, il me lèche les cuisses ! Excusez-moi.

Maria chassa Léon du pied :

– Vicieux, fiche le camp ! Pour en revenir au fric, l'Opus Rei a d'autres sources de financement. Très louches. Une nébuleuse de banques et de fondations, de sociétés-écrans, de Zurich au Pérou. Avec quelques assassinats non élucidés, comme celui du prince Joseph de Broglie, à l'époque trésorier des Républicains-Indépendants de Giscard, ou de Roberto Calvi, retrouvé pendu sous un pont de la Tamise. Ce n'est pas pour rien qu'on l'appelle la « sainte mafia ». Mais bien sûr, jamais de preuves !

– *L'omertà*, la loi du silence, somme toute, fit Mariateresa en bonne Italienne.

– Exactement. Le silence est total et le restera. Jamais on ne saura que l'Église utilise, par des voies obscures, les services de trafiquants et de tueurs.

– Là, vous y allez un peu fort !

– Tu peux me tutoyer. Un peu fort ! Sûrement pas, c'est pire que tout ce que tu peux imaginer. La sainte mafia, elle a des réseaux, des centaines d'intermédiaires par le biais d'organisations « bien-pensantes », organisations caritatives, écoles, recherche scientifique, groupes intégristes en tous genres, etc. Elle est même là où on l'attend le moins : à l'ONU et à l'UNESCO !

– Là aussi elle s'est infiltrée ? demanda Mariateresa éberluée. Et avec l'extrême droite, elle a des liens ?

– Tu es naïve ou quoi ? Bien sûr. Tout ce monde-là se croise, se recroise, se rencontre, tisse sa toile, étend ses tentacules…

– Ne parle pas de tentacules, s'il te plaît ! implora Cheryl soudain nostalgique. Bon, tout ça c'est à peine croyable… et ça nous ouvre des abîmes insondables. Mais dis-moi, comment t'es au courant de tout ce binz ?

– Par un ami, il a travaillé sur l'Opus Rei. Un Espagnol qui avait un compte à régler. Un compte sanglant. Il a fait de l'entrisme, avec succès.

– Formidable ! Il faut qu'on le rencontre. Il a dû dresser l'organigramme des groupes liés à l'Opus Rei. Nadine sera contente, elle adore les organigrammes.

– Impossible, fit simplement Maria.

– Pourquoi impossible ? Tu veux dire…

– Oui, tu as deviné : il est mort. On l'a retrouvé mort sur le bord d'une route. Une voiture l'avait renversé. On n'a jamais retrouvé le chauffard.

Mariateresa poussa un petit cri, sa peau dorée prit une couleur blême. Cheryl, elle aussi, avait pâli. Maria regarda les deux amies avec perplexité.

– Dans quelle galère vous êtes-vous embarquées toutes les deux ? Je sais, vous ne me répondrez pas. Mais suivez mes conseils de vieille militante : faites machine arrière. Vous ne pourrez qu'y laisser des plumes et pour rien… De plus coriaces que vous s'y sont frottés, et voyez le…

Elle s'interrompit, comprenant qu'il était inutile d'affoler davantage Mariateresa déjà morte d'effroi. Changeant de ton, elle ajouta :

– Bon, on va se prendre un petit requinquet. Et puis faire un bon dîner. Eh, Gérard, viens ici. Ce soir je suis aussi ton invitée. Sers-nous du foie gras. Je ne bougerai pas mon derrière, les petites ont besoin de moi.

Gérard, amusé, s'approcha de la table :

– Tout de suite, mesdames. Vous fêtez la fondation de la première loge féministe du Pied de Porc ? Si vous avez besoin d'idées pour votre programme, comptez sur moi. Et sur Léon.

Les trois dames régalèrent leur hôte d'un rire franc qui leur permit de chasser les terrifiants nuages qui assombrissaient leurs fronts.

* * *

Plusieurs jours passèrent. Tristes. Longs. Vides. Cheryl et Mariateresa, découragées, s'appelaient souvent sans parvenir à échapper au blues. Même Cheryl avait perdu son punch légendaire. Il faut laisser faire le travail du deuil. Elle avait lu ça dans un bouquin. Rien ne se passait, hormis les appels journaliers de Joseph Paoli, et Cheryl avait envie de tout laisser tomber. Un soir pourtant, Mariateresa la convia à venir partager avec elle une bouteille de Brunello.

– Alors, quoi de neuf ? lança Cheryl dès son entrée dans la boutique, en se glissant entre les masques africains qui la fixaient de leurs yeux de coquillages aux pouvoirs magiques.

– Ça ne peut plus durer, j'ai les nerfs à vif. Viens, installons-nous dans la cuisine.

Mariateresa, les traits tirés et les cheveux en broussaille comme si elle venait de se lever, avait déjà descendu la moitié de la bouteille :

– J'aurai dû te prévenir il y a deux jours, je suis invitée à une nouvelle réunion des Croisés de la Vie. L'assemblée générale même. Je voulais réfléchir avant. J'ai pris ma décision : je n'irai pas. J'en ai marre. On s'est gonflé la tête, on ne peut rien contre ces gens-là. Et puis, j'ai peur, tellement peur. Je ne dors plus, je pense tout le temps à Simone. C'est de notre faute. On croyait jouer, et voilà...

Cheryl lui caressa les cheveux et prit ses deux mains dans les siennes :

– Écoute, Mariateresa, je suis dans le même état que toi. Je fais des cauchemars, je culpabilise. Moi aussi, j'en peux plus. Mais, s'il y a une nouvelle réunion, tu dois y aller. C'est notre dernière chance.

– Non, j'ai la trouille. Je n'arriverai pas à me contrôler, je ferai des conneries. Non et non, le petit jeu est fini pour moi. Nous sommes allées trop loin.

– Pense à Simone ! Nous seules pouvons la venger. T'as vu les flics, ils n'ont évidemment rien trouvé. Ils classeront l'affaire, comme pour Jacques.

– Excuse-moi, mais t'es un peu mégalo. Tu m'exaspères par moments ! T'as douze ans d'âge mental, tu te crois dans un mauvais feuilleton à jouer la justicière. Zorro, Mandrin, Robin des Bois, tu te prends pour qui ? Basta pour moi !

Cheryl était désarçonnée. Peut-être son amie avait-elle raison en fin de compte. Elle argumenta pourtant, sur un ton de plus en plus virulent :

– La saloparde de kapo, celle qui a poussé Simone dans le sèche-linge, ou qui l'a fait pousser, elle risque d'y être à cette réunion. On va quand même pas la laisser filer !

– Justement, si je la vois, ou je m'effondre ou je l'insulte. Je ne suis pas de taille, et tu le sais bien. Tout le monde n'a pas ton déterminisme et ta force de caractère.

– Ce que je te demande, c'est très difficile. Je le

sais. Mais t'es beaucoup plus fortiche que tu ne crois, vas-y ! Après, je ne te demanderai plus rien.

– C'est non.

– Bien. J'irai moi-même. Je mettrai une perruque brune et des lunettes, elle pourra pas me reconnaître.

– Non ! cria Mariateresa. Pas question. Si elle te repère, elle te fera tuer. J'irai.

Cheryl serra contre elle son amie. Elle avait toujours su qu'elle pouvait compter sur elle. Elle rit, pour détendre l'atmosphère :

– À la vie, à la mort ! Comme dans *les Trois Mousquetaires* !

Elles convinrent de se retrouver le lendemain vers minuit, après la réunion. Mariateresa lui laissa les clefs pour qu'elle n'attende pas au café comme l'autre fois.

Le lendemain dès onze heures, Cheryl s'était installée avec un bon bouquin dans le grand fauteuil en cuir noir au fond du magasin. Elle avait fermé les stores et, quoique un peu inquiète, s'apprêtait à passer quelques heures excitantes à Harlem en compagnie de James Baldwin, un de ses auteurs favoris, et des fétiches africains dont elle appréciait, ce soir-là, la puissance protectrice. À minuit trente elle posa son livre, *Harlem Quartet*. Elle n'avait pas vu l'heure passer. Elle alla se bricoler un sandwich et replongea dans l'univers raciste et homosexuel de Baldwin. Une heure plus tard, elle sortit dans la rue guetter l'arrivée de Mariateresa. À quatre heures du matin, après avoir longtemps lutté contre la panique, une angoisse terrible la saisit. Elle ne savait plus à quel saint se vouer. Voilà qu'elle s'adressait aux saints !

Le pouvoir magique des fétiches à clous serait sûrement plus efficace pour faire revenir Mariateresa au bercail, pensa-t-elle, ce qui prouvait qu'elle maîtrisait encore une panique galopante. Vers cinq heures Cheryl, désespérée, aurait appelé le Poulpe à la rescousse s'il avait été à Paris. À six heures, perdant les pédales au point d'en oublier ses principes les plus sacrés, elle décida de téléphoner aux flics. À ce moment-là elle entendit s'ouvrir la porte en verre :

– Ah, Cheryl, je pensais bien que tu serais encore là ! s'exclama la jeune femme en rejetant en arrière les boucles noires qui lui masquaient le visage. Un visage défait, avec une marque bleue sur le front.

Cheryl se précipita et recueillit son amie chancelante dans ses bras.

– Qu'est-il arrivé, j'ai cru devenir folle.

– Rien, rien de grave, je t'assure.

– Et ce coup sur le front, tu saignes.

– Je vais m'allonger sur le lit, et te raconter.

Cheryl l'aida à se coucher et désinfecta la blessure. Mariateresa, malgré sa fatigue, avait besoin de s'épancher :

– C'était à peu près le même topo que la dernière fois. Toutes leurs conneries sur le respect de la vie, Dieu, etc. Elle était là, mademoiselle Sendal ! Avec ses talons rouges. Péremptoire et hargneuse. À un moment, elle s'est mise à parler de moi, la « brebis égarée »... Elle était au courant de ma soi-disant grossesse. À la fin de la réunion, elle m'a proposé de passer chez elle, elle avait des propositions à me faire. Pour m'aider à m'en sortir, prétendait-elle. Malgré la peur qui me tenaillait le ventre, je n'ai pas hésité, c'était l'occasion ou jamais. M'aider, tu parles ! Elle faisait la mielleuse, la suave, j'ai assez vite compris où elle voulait en venir. J'ai accepté quelques caresses, pour la mettre en confiance, la faire parler. J'en aurais chialé de dégoût, toute ma vieille peur est remontée. Mais j'ai tenu bon, pour Simone... Soudain, folle d'excitation, elle s'est carrément laissée tomber sur moi, de tout son poids. Je lui ai à moitié arraché une oreille avec mes dents. Elle était bien plus forte, heureusement que j'ai pu saisir une chaussure rouge par terre. J'ai frappé, frappé... le sang coulait.

– Tu l'as tuée ?

– Mais non, j'en serais incapable, j'ai pas tapé avec le talon, j'aurais pu lui crever un œil. Je l'ai bien amochée quand même et je me suis sauvée.

– Dors maintenant. Je m'en veux terriblement de t'avoir envoyée dans ce merdier. Et pour rien en plus.

– Non, pas pour rien. J'ai oublié de te dire, ils ont parlé plusieurs fois d'un chercheur qui travaille sur les chromosomes, enfin les gènes. Les gènes de l'homosexualité. Il paraît qu'il veut éliminer tous les homos. Ils ont jamais prononcé son nom, ils disaient «notre ami qui», mais j'ai pensé que ça ne pouvait être que ton Joseph Paoli.

– Impossible ! Fais-moi confiance, c'est pas possible.

– Bon, dommage. Je n'en peux plus.

– Dodo, je débranche le téléphone et je reste près de toi.

– Tu es une vraie mère, soupira Mariateresa en s'endormant.

Quand Joseph Paoli téléphona, Cheryl accepta de dîner avec lui. Elle avait longuement réfléchi aux paroles de Mariateresa. Il fallait aller voir de plus près, savoir se remettre en cause. Malgré sa prétention à bien connaître l'âme humaine, grâce à la fabuleuse matière brute offerte par sa clientèle, elle pouvait après tout s'être trompée… Ce qui signifierait que Joseph Paoli la menait en bateau depuis le début. Il ne savait pas encore à qui il avait affaire : il allait découvrir à ses dépens qui niquerait qui !

Au placard la tenue grenouille de bénitier ! Cheryl revêtit une robe noire ultra-sexy dont le décolleté dans le dos plongeait jusqu'à la raie des fesses, épaissit ses longs cils et peignit ses lèvres poulpeuses, pardon, pulpeuses, d'un rouge très vif. Elle accrocha une boucle d'argent, une seule, à son oreille droite et jugea le résultat hollywoodien. Gaffe à tes abattis mon mignon ! dit-elle tout haut en se regardant dans le miroir.

Joseph Paoli en fut baba. Deux coupes de champagne plus tard, il n'était toujours pas remis de son éblouissement.

– J'ai cru voir une apparition. Quelle métamorphose ! Vous êtes d'une beauté à couper le souffle.

– Vous ne croyez pas que vous y allez un peu fort, contesta la jeune femme néanmoins flattée. Je vais jouer franc jeu avec vous. Je ne m'appelle pas Alice mais Cheryl. Et je suis coiffeuse. Du moins j'ai deux vies. Je suis journaliste et coiffeuse. Avec mon salon, je ne m'en tire pas, alors je fais des piges. D'autant que j'ai des goûts de luxe. Vous ne semblez pas surpris ?

– Je le savais ! Quand je vous ai vue la première

fois, une carte est tombée de votre sac. Une carte Cheryl Coiffure. J'aime le mystère, cela m'a encore plus attiré vers vous. Mais dites donc, journalisme et coiffure, ce n'est pas une alliance banale !

– À la sortie de mes études de journalisme je n'ai pas trouvé de boulot. J'avais hérité du salon de ma tante. Alors je me suis lancée. Et en fin de compte, je dois avouer que je préfère couper les cheveux qu'écrire des papiers.

Pendant tout le dîner Paoli la couva des yeux. Il semblait de plus en plus amoureux. Cheryl réussit habilement à le faire boire, espérant l'amener à se trahir s'il était bien ce chercheur fanatique voulant éliminer les homos. Elle eut beau le pousser dans ses retranchements, parler de pédés et de gouines avec un feint mépris, elle n'en tira rien. Il n'était qu'un brillant scientifique, beau gosse, certes, mais ennuyeux à crever. Question mecs, Cheryl avait toujours été très exigeante.

– Vous ne m'écoutez pas, remarqua Paoli.

– Je suis fatiguée. Vous ne voulez pas me raccompagner ?

– Déjà ? J'espérais que vous accepteriez de venir prendre un verre chez moi. De mon balcon, j'ai une très belle vue sur la Seine. Et il fait si doux ce soir.

– Merci, j'ai un peu trop bu, je veux rentrer.

– Je vous ferai une tisane et je vous ramène tout de suite après, c'est promis.

– Je vous ai dit non. Non, c'est non !

– Bon, alors je vous fais le coup des estampes japonaises, continua Paoli avec la tête contrite de celui qui n'y croit plus. J'ai une belle collection de pierres dures et de fossiles. Des pièces rares. De Madagascar.

Madagascar ! Comme s'il avait prononcé un nom magique, Madagascar fut le sésame qui fit tomber les murailles de Jéricho aux pieds du jeune chercheur stupéfait :

– D'accord, dit Cheryl, sur un ton qu'elle réussit à rendre presque enthousiaste. Madagascar avait fait tilt dans sa jolie cervelle. Mue par le dernier sursaut de ce qu'elle appelait sa conscience professionnelle, elle avait réagi au quart de tour : ne pas négliger le moindre indice, troisième règle d'or de l'agent secret.

Cheryl contempla du balcon les reflets de lune sur les eaux de la Seine, admira la collection de trilobites et de pierres dures et but la tisane promise. Malgré l'heure tardive, elle tenta encore de tirer les vers du nez de son compagnon. Certes, il avoua plusieurs voyages à Madagascar, par attachement à ce pays où son grand-père avait vécu jadis. Pas de quoi fouetter un chat. Il lui proposa même de l'emmener dans l'île rouge dont il lui vanta les paysages grandioses mieux que ne l'aurait fait un clip touristique à la télé. Il partait le dimanche suivant, elle n'avait qu'à dire oui et il s'occuperait de tout. Cheryl, désormais bien certaine de ne pas avoir à faire à un agent double, bâillait d'ennui et ne prit pas la peine de répondre à son invite.

– Je me sauve maintenant.

– Je vous laisse filer si vous me promettez de revenir.

Et sans attendre sa réponse, en homme d'honneur, il se leva. Dans l'entrée, Cheryl avisa une porte :

– C'est votre chambre là ? Je peux voir ?

Une étincelle d'espoir brilla dans la pupille de Paoli qui se précipita pour lui ouvrir la porte.

– Sympa vot' piaule ! commenta Cheryl en s'asseyant sur le lit et en tendant la main vers le gros bouquin, orné d'un portait, posé sur la table de chevet. Qu'est-ce que vous lisez là ? Gramsci ? Vous lisez Gramsci, vous ?

Ce qui dérouta le plus Cheryl, ce fut l'air embarrassé qu'eut son amoureux transi, comme s'il venait d'être chopé la main dans le sac.

– Non, pas moi, vous pensez bien ! bredouilla-t-il. C'est mon frère, il a dormi là l'autre nuit.

Cheryl sut aussitôt qu'il mentait. Elle n'en laissa rien paraître et lui accorda un baiser.

– Raccompagnez-moi, nous poursuivrons ce baiser un autre soir, fit-elle après avoir définitivement allumé le jeune homme par ce bouche à bouche torride.

Tout le restant de la nuit, gracieusement lovée au centre de son lit en forme de cœur, Cheryl rumina. Gramsci ! Gramsci, le grand théoricien marxiste italien. Mort dans les geôles mussoliniennes. Elle n'en savait pas plus, mais cela suffisait : Joseph Paoli ne pouvait être un lecteur de Gramsci. Et pourquoi ce mensonge ? Cheryl frissonna. Si Paoli jouait double jeu, elle avait alors affaire à un personnage diaboliquement intelligent et retors et non à un pâle petit savant. Il fallait en avoir le cœur net. Elle prit sa décision. Héroïque. Elle se sacrifierait. En passant à la casserole, elle parviendrait bien à lui extorquer des confidences sur l'oreiller. Ça marche toujours, elle avait appris ça dans les romans d'espionnage. Elle ne dirait rien à Mariateresa, inutile de l'affoler. À l'aube, le sommeil la cueillit enfin.

Quand Cheryl téléphona à Mariateresa, deux jours s'étaient écoulés. Elle lui donna rendez-vous au Pied de Porc à la Sainte-Scolasse. Pour changer. Mariateresa se faisait cajoler par la maternelle Espagnole au moment où Cheryl entra dans le restaurant. Gérard, derrière son comptoir, lui lança :

– Dis donc, on est bien content que tu nous ramènes ta copine. Tout le monde l'a adoptée ici.

Léon aboya en signe d'acquiescement et vint se frotter contre les jambes de sa dulcinée pour recevoir son lot de caresses. Il trouvait Mariateresa délicieuse mais son cœur de chien ne battrait jamais que pour la splendide Cheryl. Elle lui susurra à l'oreille la fin de leur chanson :

J'ai eu ta peau Léon,

J'ai eu ta peau Léon, Léon, Léon, Léon...

Le dénommé Léon frisait la jouissance quand Maria conduisit les deux jeunes femmes dans un coin tranquille.

– Je vous laisse, je devine que vous avez le monde à refaire ! Je vous apporte juste mon petit requinquet maison.

Mariateresa but la mixture orange foncé en faisant la grimace.

– Je trouve ça encore plus dégueulasse que l'autre soir, qu'est-ce qu'elle met dedans ?

– Top secret. Bois, c'est fortifiant.

– Bois toi-même, tu as l'air crevée, tu as des cernes sous les yeux.

– Tu m'étonnes ! J'ai baisé toute la nuit.

– Oh, Cheryl ! Ne parle pas comme cela, tu sais que je ne supporte pas.

– Je me fais l'effet d'une pute, continua Cheryl sans tenir compte des protestations de son amie qu'elle adorait provoquer. Mais avais-je le choix ?

– Qu'est-ce que tu racontes ?

– J'ai passé la nuit avec Joseph Paoli. Remarque, c'est un bon coup !

– Cheryl !

– Bon, je me calme. Je t'explique.

Et Cheryl raconta sa nuit, et les raisons qui l'avaient poussée à céder aux assauts de Joseph Paoli, en omettant cette fois certains détails graveleux qui n'auraient rien ajouté à la compréhension de la situation.

– Et dire que j'ai couché avec lui pour rien ! conclut-elle désabusée. J'avais même teint ma foufoune en vert acidulé. Si au moins j'avais pris mon pied ! Mais je ne suis pas une sex-machine, ce mec, grosse pine ou pas, il me fait ni chaud ni froid.

– Cheryl, tu recommences ! Arrête bon sang ! La vulgarité, ça ne te va pas.

– Ça reste à voir. Et puis, ça soulage. Cet enculé de Paoli, pas un mot, pas une confidence, rien que des cris pendant l'orgasme. O.K., j'arrête la provoc. Soyons sérieuses. La piste Paoli : zéro. La piste Croisés de la Vie : tu es brûlée. Je ne vois plus qu'une possibilité, relancer Braguier.

– Je te l'interdis. Pouce maintenant.

– Tu perds ton temps, j'irai jusqu'au bout. Je vais toujours jusqu'au bout. La preuve !

– Il ne t'a jamais rappelée pour sa fameuse réunion, c'est qu'il se méfie de toi.

– C'est bien le problème. Comment le relancer ? Je sèche.

– Je refuse de t'aider à trouver une combine. Restons-en là. Si on demandait du vin ?

– Tu tournes à la pocharde depuis quelque temps. Quand on aura fini notre boulot, je t'enverrai en désherbage.

– Je suis pas un mouton !

– Le désherbage, chez les cheminots, c'est la désintoxication.

– Si je bois, c'est à cause de toi. Pour surmonter ma trouille.

Maria, portant une cocotte fumante, arriva à point nommé :

– Pour vous, mes petites cailles ! Fini de comploter.

Et elle s'assit sur la banquette à côté de la petite caille brune tandis que la petite caille blonde était gagnée par une sorte de vague à l'âme, songeant à son Poulpe qui avait disparu de la circulation et à qui elle aurait volontiers demandé conseil pour sortir de cette impasse. La solitude de l'agent secret ! pensa-t-elle dans un soupir avant de piquer sa fourchette dans le morceau de ris de veau que Maria venait de déposer dans son assiette.

En rentrant chez elle, Cheryl avait longuement contemplé l'estampe japonaise que Gabriel lui avait un jour offerte. C'est un Hokusaï I-itsu, avait-il précisé. Elle en avait subtilement conclu que ce devait être un peintre connu. L'estampe représentait un poulpe. Ou plutôt une femme dans la folie de la jouissance, le poulpe merveilleux la pénétrant de partout avec ses huit tentacules tandis qu'un second poulpe attendait son heure. Apaisée, Cheryl s'était endormie dans les bras de son kangourou préféré. C'était un très grand kangourou. Elle avait recousu l'animal éventré et le dorlotait pour se faire pardonner.

Le matin, à peine sortie des bras du kangourou, elle sut ce qu'elle devait faire. Elle s'habilla. Sans hésitation elle enfila la grosse jupe à plis et des socquettes blanches, se rappelant les bons conseils de Gérard. Elle mit un chemisier blanc lui aussi et se contempla : l'ingénue libertine ! s'exclama-t-elle tout haut. Elle eut alors l'idée de dénicher dans une vieille valise un galurin gris de sa grand-mère, raplapla à souhait, pour masquer ses cheveux. Ce coup-ci il ne trouvera rien à redire, pensa-t-elle. Dernière touche : les lunettes. Parfait. J'ai tout de la bigote refoulée. Braguier, à nous deux !

Elle sonna chez l'infectiologue. La même vieille fille empesée vint lui ouvrir. Elle refusa de prévenir Braguier de sa visite et tenta même de la mettre à la porte, ne sachant pas encore à qui elle se frottait.

– Poussez-vous de là, fit la fausse ingénue en bousculant la harpie qui se mit à crier. Et elle se précipita vers le bureau du professeur.

– Que signifie ce bruit ? dit Braguier d'une voix de stentor en surgissant furieux dans la salle d'attente. Vous ici ? poursuivit-il en reconnaissant Cheryl malgré son galurin et ses lunettes. Brusquement il changea de ton et eut un sourire presque chaleureux :

– Mais entrez, mademoiselle. Vous tombez à merveille, je vais vous présenter quelqu'un.

Cheryl, décontenancée, entra dans le bureau luxueux. Elle vit le dos d'une grande femme assise bien droite dans un fauteuil. En s'avançant, son regard tomba sur les escarpins rouges à talons de la femme. Merde, en plein dans la gueule du loup ! pensa-t-elle seulement avec un étrange calme intérieur pendant que Braguier faisait les présentations :

– Bernadette, je vous ai déjà parlé de Mademoiselle.

L'infirmière-violeuse et forcément coupable, l'infirmière à l'oreille croquée, portait un turban en soie qui cachait le désastre. Elle tendit une main raide à Cheryl en levant les yeux sur elle. Son visage resta impassible.

– Asseyez-vous mademoiselle, dit Braguier avec amabilité.

Cheryl, le danger écarté, sentit son cœur battre à tout rompre. De soulagement. Elle remercia le chapeau de sa grand-mère et se congratula d'avoir pensé aux lunettes. Les joues empourprées, elle balbutia en petite fille timide :

– Je suis vraiment désolée, ce tapage, mais je voulais tellement vous parler…

– Allons, allons, du calme. Mademoiselle aimerait être intégrée à notre groupe, expliqua le professeur. Vous vous souvenez, Bernadette, nous en avions discuté. Vous n'étiez pas d'accord. Je loue votre prudence mais je crois qu'en faisant connaissance vous allez changer d'avis.

Tandis qu'il parlait, la sinistre Sendal examinait Cheryl sur toutes les coutures :

– Vous me faites bonne impression, je dois dire. Je ne vous imaginais pas ainsi, après ce que le professeur m'a raconté sur la liberté de vos mœurs…

– Soyez un peu charitable, Bernadette ! Mademoiselle s'est amendée. Remarquablement vite. C'est un jeune esprit malléable qui peut devenir une excellente recrue.

– Je veux bien vous croire. Néanmoins il faut qu'elle fasse ses preuves. Donnez-lui à lire notre littérature. Ensuite nous la convoquerons d'ici un mois. Je m'en charge. Bien, je suis en retard, je me sauve.

L'infectiologue la raccompagna. Cheryl les entendit discuter à voix basse dans l'entrée et, nullement impressionnée par le regard de tueuse dont la kapo n'avait eu cesse de la gratifier, en profita pour examiner les papiers en désordre qui couvraient le bureau. De simples ordonnances. Elle eut l'audace d'ouvrir un boîtier qui contenaient des fiches avec photo. Ses clients sans doute, pensa-t-elle, en manipulant les fiches. Il lui sembla reconnaître certains visages. Elle entendit les pas de Braguier mais eut encore le temps de jeter un œil sur le titre d'un livre qu'elle n'avait pas remarqué malgré sa taille volumineuse : Gramsci, *Œuvres complètes*. La photo du philosophe – chevelure ébouriffée et petites lunettes – ornait la couverture.

– Quelle bonne idée vous avez eue de revenir me voir ! dit Braguier en revenant les bras chargés de brochures. Elle n'est guère facile, cette chère Bernadette Sendal, mais vous lui avez plu. Tenez, voici de la lecture.

Cheryl s'épandit en longs remerciements et prit congé.

* * *

Une infirmière tout de blanc vêtue et à la tête couronnée de serpents étranglait Cheryl de ses doigts aux interminables griffes. Cheryl, gainée de skaï noir, réussit à s'emparer de ciseaux rouges et tenta de crever les yeux de la face de méduse. L'infirmière relâcha son étreinte et la blonde coiffeuse parvint à couper plusieurs têtes de serpents. Mais les têtes repoussaient aussitôt et les reptiles formaient des boucles de plus en plus serrées. Sa permanente est ratée, trop frisée ! pensa Cheryl avant d'être entraînée vers des profondeurs marines insondables. Dans la lutte à mort qui se déroulait sous les flots la diablesse blanche l'emporta bientôt sur la déesse noire. Cheryl allait rendre l'âme quand un poulpe gigantesque surgit du fond de l'océan. Il portait des lunettes et ressemblait à Gramsci. Armé de huit couteaux – un par tentacule – il transperça quatre cent quatre-vingt six fois l'infirmière monstrueuse.

Cheryl se réveilla en sursaut, empêtrée entre les trente-deux pattes des huit kangourous dont elle s'était entourée la veille au soir pour protéger son sommeil. Toute la journée elle réfléchit. Ni ses clientes ni Prune et Mirabelle ne la reconnaissaient. Cheryl la douce, la prévenante, l'attentive, Cheryl la délurée, la rigolote, la boute-en-train, Cheryl la farfelue, la scabreuse et même la scandaleuse, Cheryl resta sérieuse comme un pape et silencieuse comme un anachorète. Le salon fermé, sa décision était prise. Elle laisserait un mot à Mariateresa. Elle monta dans sa chambre et remplit de fringues prises au hasard dans sa penderie un grand sac ce voyage. Puis elle appela Joseph Paoli :

– Vous partez toujours demain pour Tananarive ?

– Oui. Sauf si vous me demandez de rester. Auquel cas j'annule tout.

– Emmenez-moi !... Eh bien ! vous avez perdu la parole ?

– C'est que... je tombe des nues. Évidemment que je vous emmène. Soyez prête demain à midi, j'aurai votre billet. Le visa, on réglera sur place. Fou, fou, je suis fou de vous. Alice, pardon, Cheryl, est-ce possible ? Je rêve...

– Ça tombe bien, c'est le moment de dormir. Allez, à demain.

Malgré l'intimité que crée théoriquement une histoire de cul, Cheryl ne parvenait toujours pas à tutoyer son scientifique amant.

Rouge

Rouge. Le sol était rouge, à perte de vue. Cheryl percevait de plus en plus distinctement les hautes maisons aux murs aussi rouges que la terre.

Elle avait dormi tout le vol, grâce au champagne et au confort voluptueux de son fauteuil de première classe. Paoli ne faisait pas les choses à moitié.

Pendant l'interminable trajet en taxi de l'aéroport au centre d'Antananarivo, Joseph Paoli lui tint la main comme s'il avait peur qu'elle lui échappât. Trois heures pour faire dix kilomètres dans une bouillabaisse de véhicules hétéroclites laissant échapper une fumée noire et nauséabonde. Cheryl avait le nez collé sur la vitre de la voiture climatisée, découvrant l'atroce misère qui se déroulait en un ruban sans fin. Sur les bords de la route défoncée des êtres humains en haillons, crasseux et pieds nus, déambulaient, ramassant parfois quelque chose dans la poussière pour le porter à leur bouche. Des échoppes de bois offraient au chaland quelques monstrueux morceaux de bidoche grisâtre couverts de mouches, des godasses usées et dépareillées ou encore de rares bananes. Au cœur de la capitale, le même spectacle continuait. L'étalage de cette pauvreté prenait Cheryl à la gorge et l'empêchait de réfléchir à un plan d'action. Son compagnon usait en vain une salive explicative et joyeuse, elle ne l'écoutait pas.

Joseph Paoli avait réservé deux chambres à l'hôtel Colbert, Cheryl ayant exigé de dormir seule sous le prétexte d'épouvantables insomnies. Galant et compréhensif, il ne s'en était pas offusqué. L'hôtel n'était peuplé que d'étrangers, bien blancs, les vazahas. À dîner, dans la luxueuse salle à manger, Cheryl s'étonna qu'on ne leur servît que des plats du terroir bien d'chez nous, arrosés d'un excellent bourgogne.

– Au moins ici, on peut pas dire qu'on soit dépaysé !

– Soyez patiente, ma belle, nous partirons dès l'aube, sourit Joseph. Et du dépaysement, je vous promets que vous en aurez ! Ce sera mieux qu'*Alice au pays des Merveilles.*

Il avait dit ces derniers mots sur un ton léger et en lui serrant la main avec tendresse. Pourtant Cheryl sentit peser sur elle une menace qui la fit se raidir instinctivement. Je débloque, corrigea-t-elle aussitôt, *mi vuole bene,* dirait Mariateresa. Il crève d'amour, je n'ai rien à craindre de lui. Une vraie carpette, je lui demanderais de boire de la ciguë pour me complaire qu'il le ferait.

– Et Tananarive, on va même pas s'y balader ?

– Il n'y a rien à voir. Avant, on pouvait visiter le palais de la Reine sur la colline, dans l'enceinte sacrée du Rova. Mais tout a brûlé il y a deux ans. Un vrai drame national. C'est comme si Versailles avait disparu en fumée. La foule était en pleurs, tout le monde accusait tout le monde. On était au bord d'une guerre civile, d'une guerre tribale plutôt. Ils en sont encore là, des hystériques primitifs !

Paoli, les lèvres encore tordues de mépris, leur resservit du vin.

– Mais si vous voulez de la couleur locale, vous serez servie ! Nous allons à Fianarantsoa. Je vous montrerai où habitaient mes grands-parents. J'ai quelques affaires à régler. Après, je vous emmène dans le sud.

– Là où il y a des baobabs ? Des lémuriens et de grands totems funéraires ? demanda Cheryl pour masquer sa surprise à l'écoute des relents racistes qui suintaient des propos de son commensal. Elle tremblait d'indignation contenue.

– Tout juste. Je connais un endroit divin où nous pourrons nous aimer, nous…

« Aimer à loisir,
Aimer et mourir
Au pays qui te ressemble ! »

débita-t-il, prit d'une soudaine verve baudelairienne.

– Aimer, ce sera pour plus tard. J'ai une migraine. Quant à mourir, je ne suis pas pressée. Même dans vos bras. Nous nous levons à l'aube n'est-ce pas ?

Alors, au dodo ! Mais pa-o-li ! Excusez-moi, c'est très mauvais.

La land-rover traversa de vastes étendues ocre sous un ciel bleu cobalt. Sur le flanc des collines le vert tendre des rizières en terrasses venait rompre la monotonie grandiose du paysage. Plus au sud, l'entaille rouge vif des crevasses lui donnait la violence d'un tableau abstrait. Le boucan était tel dans le 4x4 qu'ils se parlèrent peu. Plusieurs fois Paoli refusa, sans raison, de prendre des paysans qui faisaient du stop sur le bord de la route. Ils arrivèrent à Fianarantsoa à la tombée de la nuit.

– C'est fou, il y a partout des églises, des clochers, remarqua Cheryl à moitié somnolente.

– Pas étonnant, c'est le centre catholique du pays, expliqua Paoli. Je ne sais plus combien il y a de missions, de confréries, d'écoles religieuses. C'est ici qu'est venu le pape en 89.

– Le pape ? Racontez-moi.

– Je n'y étais pas. Je sais seulement que tous les prêtres polonais du coin lui servaient de gardes du corps.

Désormais complètement réveillée, Cheryl fut prise d'une impulsion subite :

– L'Opus Rei, elle est implantée ici ?

Paoli fit une embardée mais son visage ne trahit pas la moindre émotion.

– L'Opus Rei ? Vous en avez de drôles de questions ! Que voulez-vous que j'en sache ? Vous savez, moi, la religion…

Cheryl se tut. Rien à tirer de ce type qui ne s'intéressait qu'aux gènes et aux fossiles. Elle se demandait ce qu'elle foutait là, sur une route malgache, condamnée à un huis clos de plusieurs jours avec un mec qui ne la branchait définitivement pas. Gentil, beau gosse, bien élevé, cultivé, pas con, serviable, prévenant, réglo, tiédasse, propre, sain, lisse, sans goût, sans saveur. Et même sans odeur. L'odeur du mâle, du fauve. Rien qui dépasse, rien qui excite. Qui émeuve. Qui trouble. En bref, et pour faire bisquer Mariateresa insensible à son langage fleuri, rien qui fasse bander ! Et tout ça à cause d'Antonio ! D'Antonio Gramsci dont elle n'avait jamais lu la moindre ligne. Ah ces ritals ! Mariateresa lui manquait.

La nuit était tombée d'un coup, Paoli cherchait son chemin dans les rues sombres et vides.

– Les Malgaches ont peur de la nuit, finit-il par lâcher. Tous des pleutres ! La nuit, les esprits se réveillent ! Nous allons au presbytère du père Vison, vous verrez, c'est un beau bâtiment en briques rouges et plus confortable que l'hôtel.

Un gardien les attendait et les conduisit à leurs chambres. Après quelques ablutions ils allèrent dîner chez Papillon, la meilleure table de l'océan Indien selon le jeune chercheur. Ils dégustèrent écrevisses à la nage et truites du Betsileo, arrosées d'un bon vin local, tout en poursuivant une conversation languissante. À la fin du repas Cheryl, de plus en plus exaspérée contre elle-même et l'imagination au point mort, s'apprêtait à refaire à son compagnon le coup de la migraine quand il lui annonça qu'il l'abandonnait pour la soirée, ayant une affaire de famille à régler avec le père Vison.

Seule dans sa grande chambre meublée sobrement

à l'ancienne, Cheryl ne trouvait pas le sommeil. Il lui fallait admettre son erreur : elle perdait son temps et ses clientes à jouer la justicière dans l'hémisphère Sud. Trouver les meurtriers de Jacques et de Simone sur la Grande Île ! Quelle absurdité ! Sa décision était prise. Elle avait vu des taxis-brousse à la gare routière : idéal pour rebrousser chemin. Et puis comme ça je me frotterai aux Malgaches, continua-t-elle à ruminer, avec Paoli je voyage dans une bulle aseptisée. Je pourrai enfin m'adonner au mélanotourisme. Soulagée, elle eut un dernier accès de professionnalisme en constatant que sa chambre communiquait avec celle de son adorateur par une porte sans serrure. Elle fouilla minutieusement ses bagages, un sac et une mallette en cuir à moitié vide. Rien. Désespérément rien. C'est un Monsieur Rien sur toute la ligne, se dit-elle en allant se coucher.

Monsieur Rien buvait son café quand Cheryl entra dans la salle à manger.

– Ciao, je rentre à Paris, lui annonça-t-elle froidement.

Paoli devint pâle comme un linge et un rictus méchant tirailla sa bouche. Il se leva et lui attrapa le bras avec une poigne de fer.

– Qu'est-ce que ça veut dire ?

– Ça veut dire que j'en ai marre.

Cheryl, bonne fille, avait inventé un pieux mensonge pour ne pas trop le blesser, mais le ton tranchant sur lequel il venait de la questionner et la douleur de son poignet qu'il serrait à le briser la firent renoncer à tout ménagement.

voiture et d'approcher à pied la demeure. Paoli refusa net, le visage soudain durci d'une rage contenue :

– Ils l'ont squattée, j'en étais sûr !

– Comment ça, squattée ?

– N'en parlons plus, vous voulez bien ?

Et il se fit de nouveau aimable et souriant.

Ils roulèrent sous le soleil. Après Ambolavao, Paoli desserra les dents pour indiquer qu'ils franchissaient la porte du Sud, ainsi qu'on appelait une roche échancrée dominée par trois mamelons. À partir de ce moment-là Cheryl eut le sentiment de pénétrer dans un territoire inconnu. Elle, la big spécialiste des films hollywoodiens, la fana des westerns et des road movies, n'avait jamais vu sur l'écran des espaces tels qu'ils se déroulaient devant elle. D'abord un amas de blocs de grès rouge se désagrégeant en formes tourmentées. Plus tard, son regard se noya sur l'océan d'herbes jaunes qui mourait à l'horizon en épousant la courbure de la terre.

– C'est mieux que le Kinopanorama, ne put-elle s'empêcher de confier à son chauffeur. Dommage qu'on aille vers le sud, on pourrait se croire dans un western.

– Alors vous aimez ?

L'expression crispée de son visage s'effaça dans un sourire. Cheryl commençait à s'habituer aux changements de personnalité de celui qu'elle ne surnommait plus «Monsieur Rien» mais «Docteur Jekyll ou Mister Hyde» selon les moments. Depuis leur scène de ménage matinale, elle le trouvait nettement plus intéressant.

Ils firent halte sur le bord de la route pour manger un morceau. Paoli avait refusé de s'arrêter une heure plus tôt dans la seule gargote qui se dressait au milieu de cette étendue désertique. Par hygiène. Il disait ne pas supporter la crasse des Malgaches. *No comment !* avait alors pensé Cheryl. Assise sur un bloc de pierre et la tête protégée par un grand chapeau de paille, la jeune femme dévorait un sandwich. Elle but un litre d'eau avant de faire une tentative pour dérider Paoli qui mangeait en silence.

– Dites-moi, Joseph, ils sont partis quand de Madagascar vos grands-parents ?

– Vers les années soixante-dix, quand un marxiste a pris la tête du pays. C'était foutu pour nous.

– Pour nous ?

– Nous, les Blancs. De toute manière, depuis 47 mon grand-père ne pouvait plus encaisser le pays. S'il est resté, c'est qu'il avait pas le choix.

– 47 ?

– La rébellion antifrançaise de 1947. Les insurgés ont tué sauvagement des centaines de blancs. Pour le plaisir. Par pur sadisme. À la machette et à coups de sagaie. Ils les ont émasculés, coupés en morceaux… Éviscérés même !

– Vous n'exagérez pas un peu ? Vous délirez carrément, si je peux me permettre, contesta Cheryl qui connaissait les faits, via son lointain Poulpe. Les « Blancs », soutenus par l'armée, avaient massacré en représailles cent mille Malgaches. Tortures, exécutions sommaires, déplacements de population, bref la routine d'une guerre coloniale pas encore « classique », une répétition générale avant l'Algérie.

– Exagérer ? Ils sont pires que des bêtes tous ces gibbons… se mit à crier Paoli. Cinquante ans après, sans nous, c'est tout juste s'ils en sont pas réduits à bouffer leurs excréments… Excusez-moi, fit-il soudain en remarquant l'air ahuri de Cheryl. Excusez-moi, je ne sais pas ce qui m'a pris. Mon grand-père, il m'a si souvent raconté ces massacres ! Mon enfance a baigné dans cette histoire. Vous comprenez ?

Cheryl ne répondit pas. Elle ne comprenait pas du tout, ou plutôt elle comprenait trop bien. Et trop tard. Paoli était un homme dangereux, rempli d'une haine inextinguible. Elle s'était plantée sur toute la longueur en ne voyant en lui qu'un doux chercheur inoffensif. Question psy, je ne suis pas aussi bonne que je croyais, il va falloir que je me recycle, se dit-elle pour dédramatiser. Car elle commençait à avoir la trouille, une sérieuse trouille. Seule dans le désert avec ce parano. Le soleil de plomb qui brûlait son crâne malgré le chapeau ne l'aidait guère à résoudre cette énigme vitale : pourquoi diable l'avait-il entraînée à Madagascar ? Quant à cette autre question –existentielle– pourquoi diable se foutait-elle toujours dans la gueule du loup, elle n'envisageait même pas de se la poser. Elle n'en aurait de toute façon pas eu le loisir car Paoli mit fin à ce charmant pique-nique désertique en s'approchant d'elle par-derrière et en posant ses deux mains sur ses épaules.

– Quelle nuque ravissante, Alice, fit-il en déplaçant avec douceur ses mains pour enserrer son cou. Si tendre. Et si fragile…

Cheryl sentit augmenter la pression des doigts sur ses carotides et la panique l'envahir. Il relâcha d'un coup son étreinte, couvrit sa nuque de petits baisers et lui susurra à l'oreille :

– *L'étoile a pleuré rose au cœur de tes oreilles,*
L'infini roulé blanc de ta nuque à tes reins...

Cheryl inspira profondément et trouva la force d'articuler en se levant :

– C'est de qui ?

– De Rimbaud. Je connais tous ses poèmes par cœur.

Où la perversion ne va-t-elle pas se nicher ! pensa Cheryl en remontant dans le 4x4 blanc. Mon Poulpe aussi adule Rimbaud.

Ils roulèrent encore deux ou trois heures, toujours vers le sud. La route de terre, parfaitement rectiligne, traversait l'immensité horizontale du plateau et semblait buter à l'horizon sur un bloc monolithique infranchissable. Bien avant d'atteindre ce massif, ils durent céder le passage à un troupeau de zébus mené par un jeune pasteur d'une irréelle beauté, très grand et très noir, une sagaie à la main et un peigne fluo dans les cheveux. Quand ils pénétrèrent dans le massif, le paysage se fit lunaire avec ses crêtes déchiquetées, ses pitons et ses cuvettes comme creusées par des météorites. Le ciel, rouge sang, accentuait l'aspect décor de science-fiction du panorama. Des éclairs de chaleur zébraient l'horizon. Cheryl savait qu'ils devaient passer la nuit dans les parages et son inquiétude grandissait à mesure qu'ils s'enfonçaient dans ce décor fantastique. Si tout ça au moins pouvait être du Cinémascope, avec filtre rouge, effets spéciaux et happy end, pensait-elle. Paoli l'extra-terrestre veut me tuer mais à l'ultime seconde un beau pâtre à la peau d'ébène me sauve la vie et m'emporte dans ses bras.

L'extra-terrestre en question semblait bien connaître les lieux et prenait sans hésiter les chemins de traverse. Aux abords d'un canyon apparut soudain une végétation exubérante de palmiers et de bambous. Passé cette oasis, ils longèrent une falaise percée de grottes. Paoli arrêta le 4x4. Un désert minéral les entourait.

– On ne peut pas aller plus loin. Rassurez-vous, une petite marche et nous sommes arrivés.

Cheryl suivit en silence Paoli qui portait les bagages. Inutile de poser des questions, elle était entre ses mains. Paoli jouait au guide touristique, il lui parlait des naufragés portugais qui auraient aménagé ces grottes au XVIème siècle, des makis et autres lémuriens peuplant les canyons alentour. Puis il disserta sur les fabuleux fossiles que dès demain ils trouveraient dans la montagne à l'aide d'un petit marteau. Il était d'humeur si charmante que Cheryl finit par se tenir à elle-même un discours rassurant. Calme ta pétoche, ma petite, c'est toi qui deviens parano. O.K., il est pas clair, viscéralement raciste, un peu schizo sur les bords, mais ça ne suffit pas pour en faire un meurtrier potentiel. Et, pour la première fois de sa courte existence, Cheryl en vint à reconnaître que ses profs avaient raison : elle lisait trop de polars !

Paoli marchait dans la nuit noire plusieurs mètres en avant sans tenir compte de la jeune femme qui, chaussée de fines sandales de cuir, trébuchait sur les pierres acérées. Perdue dans ses pensées, Cheryl ne remarqua pas la disparition de son compagnon. Elle était seule et la lune commençait à éclairer l'immensité caillouteuse d'un reg (à l'école, elle aimait aussi la géo, du moins la géo physique, pour son vocabulaire savant) se terminant sur sa droite par une falaise abrupte. Elle se coupa un orteil.

– Quel fils de pute ! jura-t-elle. Et elle continua bravement à marcher entre les pierres. Elle eut bientôt les pieds en sang.

– Coucou, c'est ici !

La voix sortait d'un trou noir dans la falaise. Elle reçut l'éclair d'une torche en plein visage.

– Vous avez eu peur, vous avez cru que je vous avais abandonnée ? fit la voix derrière la torche.

– Va t'faire mettre ! lâcha Cheryl hors d'elle.

– Oh, Cheryl ! Ça ne vous ressemble pas de parler ainsi. Des mots si laids dans une si jolie bouche ! Entrez, venez visiter mon antre douillet.

Tout en riant Paoli alluma une lampe à pétrole et des chauves-souris s'envolèrent affolées. La jeune femme découvrit une grotte aménagée de façon spartiate : des lits de camp, une table, un réservoir d'eau.

– Chouette, non ? C'est mon repaire de brigand ! D'ici je pars en expédition ramasser cailloux et fossiles. Installez-vous, je vous prépare à manger.

Tandis que Cheryl se lavait la frimousse et les mains dans une cuvette, le dynamique garçon sortait d'une caisse des boîtes de conserve et allumait un réchaud. Il leur servit bientôt un dîner paradoxal : caviar, confit d'oie et champagne. Tiède hélas. Cheryl n'était pas d'humeur causante, ce qu'elle vivait depuis trois jours la tourneboulait complètement. Elle sentait qu'elle perdait toute clairvoyance. Les bulles de champagne tiède aidant, elle finit par parler.

– C'est un peu froid comme déco ici, vous devriez mettre des peaux de bête, des fourrures. Dans le style « guerre du feu ». Ou alors quelques tapis et tentures, ça ferait caverne d'Ali-Baba. Il manque plus qu'un coffre, et dedans, des pierres précieuses !

– Quelle gamine ! Je vous adore. Vous semblez épuisée. Je vais soigner vos mignons petons et vous ferez un gros dodo.

– Et vous me raconterez le petit marchand de sable pendant que vous y êtes, répliqua Cheryl exaspérée par ce ton gâtouilleux. Elle était si déboussolée qu'elle ne savait plus s'il jouait, s'il se foutait de sa gueule ou s'il était tout bêtement paternel comme souvent les hommes aiment l'être. Elle se laissa dorloter et s'endormit bien vite sur le lit de camp, enroulée dans un drap propre. Au moment de sombrer dans le sommeil, il lui avait semblé entendre ces mots, résonnant comme une menace : demain, vous aurez une surprise !

Cheryl se réveilla en sueur. *« Je sens fondre sur moi de lourdes épouvantes et de sombres bataillons... »* Ces vers, oubliés depuis l'enfance, la possédaient. Elle se redressa et vit l'aube qui pointait à l'orée de la grotte. Elle essuya avec le drap la sueur entre ses seins. La grotte était vide. Elle se leva et s'habilla à la hâte. Elle s'apprêtait à sortir quand l'ombre d'un homme se dressa dans la lumière du jour.

– J'allais vous réveiller. Venez.

Paoli avait parlé sur un ton autoritaire et glacial. Elle obtempéra.

– Allons, plus vite, fit-il en la tirant par le poignet.

Il la serrait trop fort et lui faisait mal, ses sandales glissaient sur les pierres et elle s'entailla de nouveau les pieds. Ils s'arrêtèrent bientôt au milieu de la plaine minérale d'une beauté surnaturelle dans la lueur rose du jour naissant. Seules quelques pervenches sauvages témoignaient d'une vie possible. Si au moins nous étions dans un bon vieux western, soupirait Cheryl pour ne pas sombrer dans le plus noir des pessimismes, ce décor écrasant de grandeur deviendrait un protagoniste à part entière. Je pourrais lui confier mes états d'âme.

– Tout va bien, nous sommes en avance.

Il lui lâcha le poignet et s'assit sur ses talons. Cheryl préféra poser son cul sur une pierre plate et resta d'un silence de marbre qui convenait au paysage. Pas question d'interroger celui qu'elle considérait désormais, sa lucidité revenue, comme son geôlier. Je sens fondre sur moi de lourdes épouvantes... Le temps passait et le soleil se faisait brûlant. Elle s'occupa à regarder s'enfuir de minuscules caméléons des sables et découvrit sous un caillou une araignée fluorescente. Un bruit de moteur l'arracha à sa contemplation entomologique. Paoli se leva et regarda le ciel. Une sorte de gros frelon gris se rapprocha dans un vacarme infernal. L'hélicoptère se posa en soulevant un tourbillon de sable et un homme descendit de l'appareil qui repartit aussitôt. L'homme, uniformément ocre-rouge, telle une statue de terre glaise, se dirigea vers eux. Ses cheveux, son visage et son complet veston étaient couverts de fine poussière collante. On l'entendait pester tandis qu'il tapait avec rage ses vêtements et secouait frénétiquement sa tête. Cheryl, interdite, regardait la statue avancer : Braguier ! Lui, l'infectiologue !

– Maître, enfin ! dit Paoli en se précipitant pour l'aider à s'épousseter.

– Je vois que la petite salope est entre nos mains. Bon travail, Joseph.

– Tout a marché comme prévu, vous aviez raison. Coriace, mais pas finaude.

– Ce n'est jamais qu'une femelle, plus dangereuse qu'une autre. On va régler l'affaire très vite, je dois rentrer demain à Paris.

– Allons à la grotte, vous pourrez vous changer, proposa Paoli sur un ton obséquieux et en poussant Cheryl d'une grande claque dans le dos.

Dès qu'ils arrivèrent dans la grotte, Paoli fit s'asseoir Cheryl sur une chaise et l'y attacha.

– Tu es assez conne pour essayer de t'enfuir. Tu n'irais pas loin, mais j'ai pas envie de te courir après.

– Je ne vous autorise pas à me tutoyer !

Cette réplique, d'une dignité certaine, valut à Cheryl une baffe d'une telle violence qu'elle retint le torrent d'injures particulièrement ordurières qui, avec beaucoup de naturel, afflua dans sa gorge. Braguier avait retrouvé une couleur normale et les deux hommes s'installèrent à la table.

– Vous avez la marchandise ? demanda Paoli.

– Tiens, regarde, répondit le professeur en ouvrant la mallette qu'il trimbalait avec lui depuis son débarquement. Il en sortit un sac en peau dont il déversa le contenu sur la table. Des pierres bleu cobalt ruisselèrent. Un flot de saphirs.

– Mazette ! Tout ça !

– Eh oui, c'est pas inutile d'avoir des relations au ministère des Mines ! Au plus haut niveau. Mais j'ai mieux encore à t'annoncer : la Compagnie d'assurance va payer pour le Rova.

– Pour l'incendie du palais de la Reine à Tana ?

– Exactement. Quelques bidons d'essence, des fagots laissés là comme par hasard, des pompes à eau sabotées et pchiiit !... plus rien, tout est parti en fumée. On va reconstruire, mais du neuf. Ah, ah, du tout neuf ! De l'ultramoderne.

– J'aurais jamais cru que notre homme à l'UNESCO aille jusqu'au bout.

– C'est un catholique fervent, ne l'oublie pas. Prêt à tout pour notre cause. Et notre cause nécessite du fric, beaucoup de fric ! L'idée lui trotte dans la tête depuis que le palais de la Reine a été classé patrimoine mondial de l'humanité. Foutre le feu, comme cela ensuite, impossible de restaurer, ça coûterait une fortune. Le plus bel emplacement de Tananarive, enfin rentable ! On va pouvoir construire un hôtel international, une salle de spectacle...

– L'incendie, c'est vous ! s'exclama la téméraire Cheryl, déjà oublieuse de la baffe précédente. Ordures ! Les Malgaches finiront par vous trouver et vous finirez brûlés sur un tas d'immondices.

Paoli s'approcha d'elle et lui pinça sauvagement un téton.

– On t'a donné la parole ? C'est ton cadavre qu'on va brûler. Quant à ces primates de gâches, ils s'entre-déchirent encore pour trouver les coupables. L'incendie de leur colline sacrée a failli déboucher sur une guerre tribale. Tiens, l'autre sein, pour pas faire de jaloux.

Cheryl hurla, serra les dents et prit enfin la sage résolution de ne plus l'ouvrir. Braguier s'approcha d'elle et lui souleva le menton. Au lieu de baisser les yeux elle le transperça à coups de mitraillettes.

– On fait sa Jeanne d'Arc ! Tu as entendu Joseph, tu sais ce qui t'attend !

– Maître, ne vous occupez pas d'elle. Laissez-moi les basses besognes. Consacrez toute votre énergie à l'Organisation blanche, à votre mission sacrée. Vraiment sacrée, elle ! Pas comme leur colline royale de merde. Sans vous, jamais nous ne serions parvenus à chapeauter tous les réseaux intégristes, jusqu'à surpasser l'Opus Rei. Et même la contrôler. Du génie, vous avez du génie ! C'est vous, Maître, qui tirez les ficelles, qui…

– C'est pas possible ! hurla de nouveau Cheryl, trahissant sa très récente résolution, j'ai affaire à des dingos complets. Des maboules, des braques, des chtarbés, des zinzins, des azimutés, des fêlés, des paranos, des piqués, des jobards, vraiment j'y crois pas, vous êtes tapés, siphonnés, branés, timbrés, aliénés, déséquilibrés, détraqués, givrés, toqués, totalement toc-toc, follets, schizos, marteaux, brindzingues, agités du bocal. Déments.

Paoli la saisit à la gorge et commença à serrer.

– Basta ta logorrhée, sale chienne ! Tu vas plus causer longtemps. Bientôt tu seras plus là pour profiter de la petite partie de plaisir que le dément va se payer sur ton cadavre. La nécrophilie, tu connais ?

– Plus tard, Joseph ! Finissons d'abord de régler nos affaires. Pour la gloire de Dieu ! Je te confie les pierres.

– J'emporte le sac tout à l'heure. La filière habituelle. Un bateau attend Andrews à Tuléar.

– De retour en France, charge-toi de répartir l'argent entre les groupes. Augmente la part des Chevaliers de Dieu et, à Vérone, n'oublie surtout pas les Noyaux révolutionnaires de lessivage ethnique. Ils ont fait du bon boulot, du très très bon boulot ! Un excellent blanchiment !

Et les deux hommes éclatèrent de rire. Cheryl, restée relativement stoïque jusqu'alors, avait pissé dans sa culotte. De trouille. S'ils étalaient leurs forfaits devant elle, c'est qu'ils allaient la liquider pour de bon. J'ai lu ça dans un bouquin, se souvint-elle, quand on a peur de mourir la vessie se relâche. Parfois même les sphincters. Pitié, pas ça !

– Mais dis-moi, tu comptes me laisser seul longtemps avec la petite pute ?

– Cette nuit, pas plus, Maître. Je serai de retour avant l'aube. L'hélico vient nous reprendre.

– Bien, bien. Je vais mettre cette nuit à profit pour lui parler. Je la ferai se repentir. Et prier. Oui, elle priera. Je la briserai et elle priera.

Comme échauffé par ses propres paroles, Braguier se leva et se mit à tourner autour de Cheryl en vociférant.

– Alors, tu t'es crue la plus maligne à nous espionner. Mademoiselle a voulu faire de l'entrisme ! Je dois avouer qu'au début je me suis laissé prendre. J'ai cru à ton histoire. Tu joues assez bien la comédie. Mais Joseph, lui, n'a jamais cru à tes salades. Une journaliste scientifique qui enquête sur les gènes ! Pour une revue bidon. Il t'a fait le coup de l'amoureux transi. Avec persévérance je dois dire.

Pour découvrir ce que tu manigançais. Un conseil, ma petite, ne jamais sous-estimer l'adversaire !

Il a raison, le salaud, fulminait Cheryl qui moisissait dans son pipi. Le général Giap a battu les Français à Diên Biên Phù parce que ces crétins de militaires l'avaient sous-estimé. J'en tirerai la leçon une autre fois. S'il y a une autre fois ! Pendant que Cheryl se livrait à ces réflexions aussi historiques que désespérément lucides, Braguier, de plus en plus furieux, hurlait.

– Des morpions, vous n'êtes que des morpions, toi et tes copains pédés. Je vous écraserai, tous. Jusqu'au dernier, tu entends !

– Criez moins fort, vous me faites mal aux oreilles, fit Cheryl en le regardant droit dans les yeux.

Ce fut Paoli qui châtia l'insolente d'un aller-retour si violent qu'elle tomba avec sa chaise. Il remit la chaise debout avec sa victime groggy ficelée aux barreaux et commença lui aussi à parler en s'agitant.

– Grâce au professeur Braguier nous éradiquerons un jour les pédérastes de la planète. Déjà, en France, eux et leurs alliés nous les avons mis en fiche. Les gays, ils sont puissants, ils ont du fric, des réseaux, mais notre Maître est plus fort qu'eux. Grâce à lui nos réseaux contrecarrent les vôtres. Nous sommes infiltrés partout, dans les milieux du pouvoir, dans le monde entier. Et même à l'ONU ! La mission de notre Maître c'est de sauver la famille et la civilisation. Et moi, je suis son bras droit ! À nous deux, avec l'aide de Dieu, nous ferons place nette. Le châtiment a commencé, ils crèvent du sida…

– Et on les y aide, coupa Braguier dans un monstrueux éclat de rire. Ah, ah, j'en ai contaminé plus d'un ! David par exemple ! Mais toi, Joseph, quand tes recherches sur les gènes auront abouti, on pourra éliminer les homos dès la naissance.

– Non, hélas ! Pas dans ces régimes de merde de démocratie égalitaire.

– Vous devenez vulgaire, osa encore Cheryl en dépit des torgnoles précédentes. Mais le chercheur fou, possédé par la haine, ne l'écouta pas et continua à dégorger son délire.

– Non, les tapettes on ne pourra pas les éliminer. Du moins tant que les humanistes prébendiers sidaïtes, les maçons et les juifs, les intellos autoproclamés suivis de ces hordes de chanteurs crasseux de rap seront au pouvoir. Les pédés, y a pas d'autres solutions, il faut les châtrer ! Les castrer. Tous ! Tu entends ? Les castrer !

– C'est toi qu'il faut castrer, hurla à son tour Cheryl gagnée par l'hystérie collective. Tous les deux même ! Vous êtes des dingues, d'ignobles dingues. Des disciples de Menguelé. À l'asile on va vous foutre. Dans la même cellule et en camisole de force. Piquouses et électrochocs, voilà ce qu'il vous faut.

Étrangement, les cris de Cheryl semblèrent calmer Paoli qui ne la frappa pas et sortit de la grotte tandis que Braguier se passait de l'eau sur la figure.

– Détachez-moi, demanda Cheryl. Je pue, vous sentez pas ? Je veux me laver, j'ai pissé sur moi.

L'infectiologue prit un air écœuré pour défaire les liens de la captive et tourna pudiquement le dos pendant qu'elle procédait à ses ablutions. Elle avait à peine enfilé un slip –celui à petits cœurs rouges, offert par Gabriel, le seul qui lui restât de propre– et une nouvelle robe que Paoli revint dans la grotte.

– Il ne faut pas laisser cette chienne en liberté, Maître. Je pars plusieurs heures. Je ne la supprimerai qu'à mon retour, je ne tiens pas à vous laisser seul en compagnie d'un cadavre.

Braguier acquiesça et son âme damnée attacha les poignets de Cheryl à un anneau scellé en hauteur dans la paroi. Avec ses deux bras liés ainsi audessus de la tête, sa robe en maille dessinant à la perfection ses hanches et sa poitrine de Vénus, Cheryl offrait le spectacle d'une héroïne sadienne dans un film X. Son tortionnaire bandait. Quand il la frôla pour resserrer davantage la corde autour de ses poignets, Cheryl lui donna un terrible coup de genou dans les parties tout en lui crachant à la figure l'énorme glaviot qu'elle roulait dans sa bouche à son intention. Paoli hurla, plié en deux. La douleur à peine estompée, il se précipita sur son sac et en sortit un revolver. Braguier s'interposa entre Cheryl et le revolver.

– Fiche le camp Joseph. Allez, dégage ! Son âme est à moi. Demain, tu feras ce que tu veux de son corps. Une passoire ou du Canigou.

Paoli, le visage d'abord convulsé de rage puis penaud comme un enfant, mit son sac sur l'épaule et sortit.

Cheryl n'avait qu'un désir, s'allonger et dormir. Je suis morte, pensait-elle, morte d'épuisement. L'émotion sans doute. J'ai découvert une chose : le courage, ça n'existe pas. J'ai tapé, craché par instinct. Et là, j'arrive pas à me dire que je n'ai plus que quelques heures à vivre…

Et les heures passèrent. Braguier faisait la sieste sur un lit de camp et Cheryl avait de plus en plus mal aux bras et aux épaules. Malgré la douleur lancinante elle tentait de réfléchir au moyen d'amadouer le monstrueux professeur –plus fou que les savants fous de ses lectures d'ado– avant le retour de son vassal et homme de main. Elle ne trouva aucune solution. C'est dans ces heures fatidiques qu'elle réalisa qu'elle ne pourrait jamais écrire un polar : elle n'avait pas assez d'imagination. L'entrée de la grotte devint noire et Braguier se réveilla.

– Seuls ! La nuit est à nous, dit-il en la contemplant de ses yeux d'acier. Tu ne me résisteras pas longtemps, personne ne me résiste !

Faute de stratégie, Cheryl tenta, sans y croire, de l'embobiner.

– Professeur, j'ai peur. Tellement peur ! Je veux pas mourir. Je ferai tout ce que vous voudrez, je me repentirai. Vous êtes chrétien, ayez pitié. Dieu pardonne, l'homme est rachetable…

– L'homme, mais pas la femme. La femme n'est que vice et mensonge et tu en es le symbole parfait. La femme porte la corruption dans ses entrailles, femme impure, douze fois impure !

– Maître, avec vous je peux changer complètement. Apprenez-moi, formez-moi. Près de vous je serai une autre. Vous avez ce pouvoir. Faites de moi votre chose.

– Un peu gros ton baratin, stupide créature ! Je suis insensible à la flagornerie.

Malgré cette dénégation, Cheryl sentit qu'endosser l'habit de pygmalion ne déplaisait pas à l'infectiologue. Elle se mit à pleurer, de vraies larmes.

– Maître, Ô Maître, laissez-moi un espoir ! Je serai votre servante spirituelle, je vous obéirai aveuglément. Vous êtes un esprit supérieur. Cette Organisation que vous avez créée, avec ses ramifications mondiales, cela suppose du génie…

– Du génie, tu exagères ! Je suis simplement chargé d'une mission, d'une mission divine. Je dois m'emparer des esprits, les façonner. Et dans ce but j'utilise tous les moyens, intellectuels ou physiques.

– Intellectuels ? Je ne comprends pas.

– C'est très simple, c'est le principe de l'hégémonie intellectuelle chère aux marxistes.

– Comment ça ? insista Cheryl qui sentait qu'elle était dans la bonne voie. Plus elle le ferait parler, plus elle aurait de chances de découvrir son talon d'Achille.

– Le communisme aussi a été un messianisme. J'ai beaucoup appris sur la conquête des esprits dans Gramsci. Le grand théoricien de la prise du pouvoir idéologique ! Je fais lire Gramsci à tous les dirigeants de nos Sections blanches.

Gramsci ! Cheryl ravala son cri de stupeur. C'est la faute à Gramsci ! C'est à cause de lui que je suis entre les pattes de ce fou ! pensa-t-elle en un éclair.

– Si je ne peux pas convaincre, alors j'impose par la force, continua Braguier. Et toi, la rebelle, à genoux tu vas prier. Assez de tes boniments, tu n'es pas de taille. Tu vas t'humilier, demander pardon. Je veux que tu te traînes devant moi, que tu me lèches les pieds.

– Détachez-moi, je ramperai dans la poussière, je ferai tout ce que…

– Te détacher ! Alors que tu es là à ma merci ! Pauvre petite conne.

Braguier, la bave aux lèvres, s'approcha de Cheryl et déchira sa robe. Il s'empara d'une sorte de balayette en jonc.

– Salope, tu portes même pas de soutien-gorge. Tu vas voir la couleur de tes seins.

Il frappa, frappa encore. Cheryl hurlait, sa poitrine et son ventre étaient striés de rouge.

– Hurle, hurle encore. Vas-y, gueule plus fort ! Tu vas connaître l'extase suprême, celle des martyrs.

Il leva le bras et cingla une troisième fois le corps de la jeune femme qui s'évanouit à moitié. Des gouttes de sang perlaient sur la peau tendre. Elle releva la tête, comme irradiée soudain d'une force intérieure.

– Vous ne m'aurez pas. Jamais, dit-elle avec un calme surprenant. Vous pouvez me tuer. Je crache sur votre morale. Je dis non à Dieu, au cloaque du mariage, de la famille, aux couilles du père, au rose layette, au bleu bébé, au faux amour, aux limites, aux frontières, je chie sur la pureté, les hosties, la croix, la patrie, je dis oui, oui au plaisir, à l'ivresse, au désir, à la jouissance, à la passion, à l'insolence, au vent, à l'océan, au libertinage, aux paradis artificiels, au suicide, à l'espace, à la révolte, à la provocation, à l'inspiration, au délire, au péché, à l'indécence, au sexe, au foutre, à l'amour fou, au meurtre des mères, à l'infini.

Braguier la contemplait, illuminé.

– Tu es belle comme une sainte ! fit-il en s'agenouillant devant elle. Il enserra ses jambes entre ses bras et se mit à lécher les gouttes de sang sur ses cuisses.

– Tu es possédée par Satan, je le savais, dit-il en se redressant. Je vais tuer en toi le démon. Après, ton âme sera aussi belle que ton enveloppe corporelle.

Et il déboutonna sa braguette. Cheryl agita ses jambes désespérément et le mordit au visage quand il la plaqua contre lui. D'un coup de reins il la viola.

Longuement, rageusement, régulièrement il la défonça. Cheryl, sans force, éteinte, dodelinait de la tête. Il lui semblait que son calvaire ne prendrait jamais fin. Dehors la lune éclairait l'entrée de la grotte. Comme dans un songe elle vit se dessiner en ombre chinoise une silhouette féminine. Elle ferma les yeux puis les rouvrit. La silhouette irréelle tendait le bras dans sa direction. Un rayon de lune fit briller un objet métallique. Elle referma les yeux.

– Éloigne-toi, ordure ! dit une voix de femme.

Braguier lâcha sa proie et se retourna. Trois coups de revolver retentirent dans la caverne. Braguier s'effondra, une balle dans le front et deux dans la poitrine.

L'ombre avança et se précipita sur Cheryl. Un mirage… non un miracle, une apparition… pensa Cheryl dans une demi-inconscience. Je la vois, je vois la Vierge Marie… Maria… Mariateresa !

* * *

Cheryl, allongée sur un lit de camp, se laissa laver et soigner. Elle se redressa soudain en criant :

– Il va revenir, il va revenir !

– Ne bouge pas, tu délires, dit l'apparition.

– Non, Paoli, à l'aube il revient. Faut se sauver, dit Cheryl en se levant, nue et couverte de teinture d'iode. Elle tituba un instant.

– T'aurais pu prendre un désinfectant incolore, commenta-t-elle en enfilant le pantalon que lui tendait Mariateresa qui tremblait comme une feuille. On se débine, ramasse le revolver.

– Non, hurla Mariateresa.

Cheryl avait, miraculeusement – ce n'est pas trop dire étant donné les circonstances –, retrouvé ses facultés de décision et d'action. Elle ramassa le revolver. Mariateresa au contraire perdait pied et tremblait de plus en plus, l'œil hagard.

– Je l'ai tué. Il m'a violée et je l'ai tué. Je l'ai tué. Il m'a violée et je l'ai tué, se mit-elle à répéter comme folle.

Cheryl la gifla et elle s'effondra en larmes dans ses bras.

– Viens maintenant, fit-elle en soutenant sa brune amie. On va essayer de courir, tu m'expliqueras tout plus tard.

Le jour se levait. Un halo rose semblait émaner du sol et enrobait les pierres, les transformant en animaux étranges. C'est beau comme dans un conte de fées, pensa Cheryl qui avait, décidément, retrouvé toutes ses capacités vitales.

Elles coururent à perdre haleine, Cheryl chaussée de ses désastreuses sandales et Mariateresa de Pataugas plus adaptés au terrain.

– Il n'y a qu'une voie d'accès, réussit à dire Cheryl à bout de souffle. On va tomber sur lui si on trouve pas un endroit où se cacher.

Le plateau, dénudé, n'offrait pour tout refuge

que des arbustes aux allures de baobabs nains et de vagues buissons maigrelets. Les deux femmes poursuivirent leur marche dans la rocaille, haletantes, incapables de parler. Le soleil montait dans le ciel et brûlait leur visage ruisselant.

– Je crois qu'il y a de gros rochers là où on a laissé le 4x4, articula Cheryl la gorge sèche, on y sera bientôt.

Il leur sembla entendre au loin un bruit de moteur. Elles recommencèrent à courir. Cheryl tomba et s'ouvrit le genou.

– Là-bas, je distingue quelque chose, dit Mariateresa en soutenant son amie épuisée. Cours plus vite !

– Je hais le sport. Et surtout le jogging matinal !

Dans un dernier effort, elle accéléra pourtant. La masse rocheuse se rapprochait, le bruit du moteur aussi. Elles rampaient maintenant toutes deux, de peur d'être vues au milieu de cette étendue plane. *In extremis* elles réussirent à se dissimuler derrière un bloc de pierre. Un 4x4 de couleur blanche, bien visible désormais, arrivait dans leur direction. Il dépassa le bloc de pierre pour s'arrêter quelques centaines de mètres plus loin, à la fin de la piste. Les deux amies, exsangues, virent Paoli descendre du véhicule et s'éloigner une sagaie à la main.

– Une sagaie ? s'étonna Cheryl. Qu'est-ce qu'il fout avec une sagaie ? Oh non ! C'est trop horrible… J'ai compris. C'est pour me tuer. Et faire croire que l'assassin est un Malgache !

Les jeunes femmes attendirent que Paoli disparaisse à l'horizon et que leur pouls retrouve un rythme normal pour se mettre debout.

– Viens, on va voir si par miracle il a laissé les clefs sur le tableau de bord, fit Cheryl en se dirigeant vers la voiture. Car les miracles, désormais, j'y crois ! Grâce à toi, mon ange gardien. Allez, raconte, explique ton apparition miraculeuse.

– C'est simple, je t'ai filée. Dès que j'ai eu ton mot m'apprenant ton départ pour Mada j'ai décidé de te suivre. Après le meurtre de Simone, c'était ton tour. J'ai tout raconté à Ababacar et on a réussi à prendre le même avion que toi. L'emmerde, c'est qu'on avait pas prévu que le lendemain vous partiriez dès l'aube. On a pas trouvé de bagnole, alors on vous a suivis en taxi-brousse. Jusqu'au village de Ranohira. Et depuis, on te cherche. On s'est séparés Ababacar et moi pour multiplier les chances de te trouver…

– Et tu as fait ça pour moi, pour me sauver la vie ? Toi si peureuse, toi Miss Trouillarde !

Ce n'était guère le moment, mais Cheryl, bouleversée, étreignit Mariateresa sans pouvoir retenir ses larmes. L'héroïque brunette se dégagea et atteignit la première le 4x4. Le coffre était resté ouvert mais le miracle n'eut pas lieu. Pas de clé de contact, seulement un jerrican d'eau.

– Ababacar, où est-il ? demanda Cheryl après avoir bu un litre de flotte.

– J'en sais rien, il te cherche dans les canyons, dans les grottes, comme moi.

– On peut pas l'attendre comme ça, à découvert, c'est trop dangereux. Dans peu de temps l'autre salopard aura trouvé le cadavre et sera sur notre dos.

– Il faut rejoindre le village, y a des taxis-brousse qui passent. On pourra filer sur Tuléar.

– Pourquoi Tuléar ?

– C'est la ville la plus proche. La seule. On trouvera du secours. Un aéroport. Ababacar m'a dit d'aller là si on se retrouvait pas. Il a des amis.

– O.K., on va tenter le coup. Mais t'as vu l'état de mes pieds ?

– Y a des sacs de jute dans la bagnole, j'ai de la ficelle, je vais te faire des bottillons.

Et elles partirent dans l'immensité désertique, les vêtements en guenilles d'avoir rampé, sales, un sac de jute sur la tête, se soutenant l'une l'autre, tels de pauvres hères charriés là par une misère moyenâgeuse.

Elles marchèrent des heures sous un soleil de plomb sans que l'ombre d'un village se détachât sur l'horizon tremblotant dans les vibrations de chaleur. Cheryl ne comprenait pas que Paoli ne les ait pas encore rattrapées. Soudain, dans les vapeurs ondulantes, il lui sembla distinguer une cahute. Je divague, pensa-t-elle, trop fatiguée pour demander à Mariateresa si sa vision correspondait à la sienne. D'ailleurs, la cahute disparut. Elle réapparut quelque temps plus tard, accompagnée d'une sœur jumelle. C'est bien un mirage, se dit-elle. Je dirais même plus, un double mirage. Au même moment un vrombissement lointain se fit entendre.

– C'est pas sa bagnole, c'est un hélico, cria Cheryl tirée de sa torpeur. Là-bas, la baraque, on va s'y cacher.

Le mirage s'était dissous dans la vapeur brûlante et il y avait bien, à trois ou quatre cents mètres, deux cahutes de bois. Dans un effort surhumain elles parvinrent à s'y planquer avant que l'hélicoptère ne soit visible. Elles l'entendirent tourner et retourner au-dessus de leurs têtes. Puis il s'éloigna. Cheryl décida qu'elles resteraient dans la cahute aux planches disjointes jusqu'à la tombée de la nuit, de crainte que l'appareil, porteur d'une mort annoncée, ne revînt. De toute façon, elles étaient dans un tel état de décrépitude –physique pour la blonde et morale pour la brune– qu'elles n'auraient pas pu marcher plus longtemps. Elles s'allongèrent sur le sol. Cheryl était blessée de partout, couverte de plaies et Mariateresa, elle, semblait avoir perdu la raison. Elle s'était enfermée dans un mutisme inébranlable. Alors Cheryl parla. Longuement. Doucement. La tête posée sur le ventre de son amie. Elle raconta l'horreur du viol. Mariateresa, les yeux fermés, semblait dormir. Les ténèbres entouraient maintenant la cabane.

– J'avais douze ans, murmura Mariateresa. Depuis, j'ai peur. Peur de tout. Peur de mon ombre…

Le silence s'installa. Mariateresa, immobile, fixait la nuit.

– T'avais douze ans ? reprit Cheryl.

– J'avais douze ans, il m'a violée… violée. Il m'a violée. Un type, dans les blés. Contre une meule il m'a violée. Ça coulait, du sang entre mes cuisses. Je me suis essuyée avec de la paille, je suis rentrée à la maison. Je n'y ai plus pensé. Jamais. Jamais. Restait la peur, cette peur qui me collait à la peau… cette peur sans origine. J'avais oublié, effacé, jusqu'à cette nuit, la grotte… il ne faut pas rester là, le village doit être tout proche.

Cheryl se redressa, convaincue elle aussi qu'il ne fallait s'éterniser ni sur leur traumatisme commun ni dans ce lieu. Ce dont on ne peut parler, il faut le taire. Qui avait dit ça ? Ce n'était guère le moment de chercher la réponse et encore moins de creuser la question. Elle coupa court :

– J'ai mal partout. Ras le bol du xérotourisme. Je meurs de soif. Et j'ai la dalle. J'ai rien bouffé depuis trente-six heures, je vais me trouver mal.

– Arrête de geindre, mauviette ! lui ordonna Mariateresa. Et elle partit dans un rire si juvénile et communicatif que Cheryl, définitivement rassurée sur l'équilibre psychique de son amie, chavira elle aussi dans une franche rigolade.

– Il paraît qu'un fou rire nourrit autant qu'un bifteck, dit Mariateresa une fois calmée. Pas très convaincant comme théorie. Eh, là-bas, une lumière !

– T'as raison, terre, terre ! Baraques en vue. Vite, à la graille !

– Le plus urgent, c'est la peau, pas le ventre. *Dunque*, le taxi-brousse.

– T'es dans le vrai, une fois de plus, Louise !

– Louise !

– Tu connais pas tes classiques. On est en train de tourner le remake de *Thelma et Louise*. Ça finit mal. Tellement mal que j'ai chialé !

– Nous, ça finira bien. Et on rigolera !

Et les deux jeunes femmes, leur petite saynète terminée, entrèrent boitillantes dans ce qu'il serait inexact, géographiquement parlant, d'appeler un village. Parmi les cinq ou six masures qui composaient le lieu-dit, une seule semblait habitée. Elles frappèrent à la porte branlante de la case d'où émanait une vague lumière. Un vieil homme leur ouvrit. Il ne manifesta pas le moindre étonnement à la vue des deux Blanches en guenilles et prononça quelques mots qui étaient, de toute évidence, des mots de bienvenue. Il les fit entrer et s'asseoir sur une natte. Avec un geste éloquent de la main il leur demanda si elles avaient faim et sortit aussitôt de la case. Il revint peu de temps après, accompagné d'une multitude de petits enfants et portant une bassine pleine de riz. Les deux pauvresses ne se firent pas prier et se jetèrent sur la pitance. Les enfants les regardaient avec effarement. Rassasiées, elles prirent soudain conscience de tous ces yeux posés sur elles. Sans doute comprirent-elles alors beaucoup de choses sur la misère, la faim, la différence et l'altérité. Ça valait tous les cours de philo. En prononçant plusieurs fois Tuléar, Togliara en langue forestière, taxi-brousse, et en désignant la cadran de leur montre elles firent aisément comprendre à leur hôte leur désir de mettre les voiles le plus tôt possible. Le vieil homme étendit des nattes sur le sol de terre battue et les invita à dormir après leur avoir expliqué avec les mêmes moyens qu'un taxi-brousse passerait vers quatre heures du matin. Elles s'endormirent comme des masses.

De petits rires les réveillèrent. Des yeux enfantins brillaient au-dessus de leurs têtes comme des étoiles dans la nuit.

– Y dorment jamais, ces drôles ! fit Cheryl avant de replonger dans un sommeil profond.

Tels des lutins, les enfants tirèrent sur les lambeaux de leurs vêtements et les secouèrent avec douceur. Mariateresa se réveilla pour de bon et comprit, en voyant le vieil homme allumer le feu dans le fond de la case, qu'il était l'heure de partir. Elle se leva péniblement tandis que les gamins achevaient d'arracher Cheryl à ses rêves. Leur hôte refusa tout argent. Mariateresa réussit quand même à lui faire accepter sa montre et sa ceinture de cuir en signe d'amitié. Il fallait marcher un kilomètre pour rejoindre la piste par où passait le taxi-brousse. La ribambelle d'enfants les escorta jusqu'à ce qu'un gros phare apparût dans la nuit. Une antique Peugeot borgne et cahotante s'arrêta devant le groupe.

– Impossible de monter dans cette bagnole, dit Cheryl, même une sardine ne pourrait s'y loger.

– Mais si, tu vas voir, crois-en ma récente expérience. Y a encore plein de place !

Cheryl ne crut pas Louise, alias Mariateresa, et on la comprend. Jambes, bras, paquets, paniers s'entremêlaient, aussi inextricables que des racines de palétuviers. Sur le toit de la voiture, deux jeunes hommes avaient réussi à coincer leurs fesses entre des cageots et des valises. Les occupants de la Peugeot, de tous âges, regardaient avec ahurissement les deux Blanches crasseuses, tuméfiées et en haillons qui aspiraient humblement à être embarquées. Une grosse dame fit signe à Mariateresa de venir s'asseoir sur ses genoux et un des jeunes types du toit tendit le bras à Cheryl pour l'aider à monter sur la galerie.

La 404, reine du taxi-brousse, repartit bon train et penchant à gauche. Nos deux héroïnes, d'authentiques poids plume, ne ralentirent pas sa marche d'escargot. Le chauffeur conduisait la moitié du corps hors du véhicule de façon à repérer de son œil d'aigle nids-de-poule et autres obstacles. Avec une grande régularité la petite fille assise devant

Mariateresa vomissait tous les quarts d'heure à la fenêtre, très proprement, mais le vent rabattait à l'intérieur des parcelles de dégueulis. Le sort de Cheryl était plus enviable, les deux jeunes Malgaches la chouchoutant comme une pierre précieuse. Elle avait grand besoin de cette gentillesse pour se réconcilier avec la gent masculine après toutes les avanies et framboises qu'elle venait de subir. L'un des deux jeunes gens, qui répondait au doux nom de Dodo (Cheryl avait appris qu'en malgache le «o» se prononce «ou»), lui racontait une histoire aux sonorités chantantes et incompréhensibles. Son compagnon la traduisit grâce au peu de français appris chez les pères blancs. Il était question de terribles bandits qui attaquaient nuitamment les voyageurs. Ces hommes sauvages, les Kalalos, étaient affublés de cheveux longs jusqu'aux chevilles, d'yeux bleus et d'ongles immenses. En raison de cette menace permanente les taxis-brousse roulaient toujours à deux. Bercée par ce récit fantastique, Cheryl somnolait à moitié malgré les cahots et ne se fatigua pas à demander pourquoi la Peugeot n'avait pas de copine pour l'accompagner. Elle s'endormit pour de bon, la tête sur l'épaule de Dodo. L'aube commençait à poindre quand le traducteur attitré de la Cendrillon française vêtue de peau de jute la réveilla.

– Pluie, dit-il. Pluie beaucoup. Orage.

Cheryl, interloquée, regarda le ciel limpide et rosissant.

– Mais… Y a pas un nuage !

À ce moment-là un énorme nuage noir, comme sorti de nulle part, apparut à l'horizon. Puis un deuxième. Cheryl scrutait le ciel avec fascination.

Elle tendit le doigt vers un tout petit nuage qui, bizarrement, suivait le tracé de la piste.

– Pas nuage, 4x4, fit le traducteur.

Cheryl se plaqua sur le toit de la voiture et se couvrit tant bien que mal avec son sac de jute. Les deux garçons, stupéfaits, réagirent pourtant très vite et posèrent sur la jeune femme recroquevillée un panier de légumes la dissimulant tout à fait. Le 4x4 s'approchait. Arrivée au niveau de la Peugeot elle ralentit, roula un moment en parallèle tandis que les deux chauffeurs échangeaient quelques phrases en malgache, puis fila devant et ne fut bientôt plus qu'une boule de poussière sur la piste. Cheryl se redressa et demanda s'il y avait un vazaha dans la voiture.

– Non, pas vazaha dans 4x4 bleu.

– 4x4 bleu. Bleu ? Tu es sûr, insista-t-elle soulagée.

– Bleu, sûr. Nous te protéger si autre 4x4, assura le traducteur avec fierté.

La pluie tomba d'un coup, avec une violence comme Cheryl n'en avait jamais vue. La Peugeot s'arrêta et les deux jeunes gens s'employèrent tant bien que mal à fabriquer, avec une caisse et un plastique, un abri pour leur protégée. Peine perdue, les trombes d'eau emportaient tout. Mariateresa sortit de la bagnole et Cheryl la rejoignit. Cette pluie chaude, aussi providentielle que réparatrice, les lavait des souillures récentes et anciennes. Légères, rieuses et virevoltantes, elles pataugeaient dans les flaques rouges le visage tendu vers le ciel. La voiture s'était embourbée et pendant plus de deux heures les passagers mâles tentèrent de la dégager. Un peu à l'écart, les deux jeunes femmes quant à elles continuaient à s'amuser. Elles se vautraient carrément dans la boue, s'enduisaient le corps et les cheveux de glaise fine et douce. Ce jeu primitif les sauva. Un 4x4 arrivait, conduit par un vazaha. Cheryl reconnut Paoli et avant qu'il n'ait eu le temps de les voir, elle se jeta à plat ventre dans une flaque de boue en entraînant dans sa chute sa compagne. Grâce à la parfaite immobilité qu'elles surent conserver, les courbes de leurs fesses comme les mèches de leurs cheveux se confondaient avec la terre rougeâtre et gluante. Heureusement le 4x4 ne s'enlisa pas et poursuivit sa route et nos deux étranges et improbables créatures préhistoriques se séparèrent de la terre originelle en se mettant à quatre pattes puis debout, encore titubantes d'émotion.

– C'est drôle, j'ai pas eu peur, fit Mariateresa en recrachant un peu d'eau boueuse.

Il continuait à pleuvoir des cordes et les deux belles purent profiter de cette douche naturelle pour retrouver une apparence humaine. La pluie cessa quand la Peugeot fut enfin désembourbée et prête à repartir. Mariateresa avait rejoint Cheryl et ses deux gardes du corps sur le toit. Fini de jouer, il s'agissait d'élaborer un plan de campagne.

– J'ai un tropisme particulier, expliqua Cheryl tout en faisant sécher ses haillons, me foutre direct dans la gueule du loup. Maintenant que j'en ai pris conscience, serait peut-être temps d'essayer de changer ! Dis donc, Louise, on va quand même pas aller à Tuléar se faire épingler à coups de sagaie comme des papillons de nuit !

– On n'a pas le choix. Et là-bas, on a des protecteurs, les amis d'Ababacar.

– Et nous, Dodo, moi, intervint en se frappant la poitrine le traducteur attitré de Cheryl qui n'avait pas perdu un mot de leur conversation.

Sûre d'être désormais entre des mains aussi excellentes que nombreuses, Cheryl prit ses aises et s'installa le plus confortablement possible, comme au cinéma, pour regarder défiler le spectacle du grand sud, animé par ses zébus et ses morts. De grands mausolées de pierre en l'honneur des ancêtres jalonnaient la piste, souvent ornés de frises de cornes de bœufs immolés lors des funérailles. La Peugeot prit en charge une nouvelle passagère au visage peint en jaune, tel un masque, avec une décoction d'écorce. Les deux amies apprirent de la bouche de Traducteur (leur nouveau copain ne voulait pas qu'on l'appelât autrement) qu'ils traversaient le pays des Antandroy. Ce peuple des épines n'avait à se mettre sous la dent, les années de sécheresse, que des feuilles de cactus bouillies tandis que les zébus se nourrissaient des épines brûlées. Après plusieurs heures cahoteuses, Tuléar, blanche et plate sous le soleil, apparut au loin bordée de bleu. Le taxi-brousse s'arrêta bientôt au quartier Sans Fil à l'entrée du port.

Dodo et Traducteur escortèrent les deux femmes jusqu'au bien nommé Café des Amis. En marchant dans les rues pâles et désertes sous la chaleur accablante Mariateresa s'extasiait sur tout ce qu'elle voyait. Les grands tamariniers rouges, les cyclo-pousses ou les réclames peintes vantant La vache qui rit et les glaces Igloo 2000.

– Dire que je voyageais jamais ! confia-t-elle à Cheryl. Il va falloir que je mette les bouchées doubles. Là, t'as vu l'enseigne du magasin : « Chez Tout est beau » ?

– Et en face, poursuivit Cheryl, heureuse elle aussi de s'adonner aux joies du tropicotourisme, La Glace des As. Il paraît que le tropique du Capricorne passe juste ici. Mais grouillons-nous. Je ne me sens pas en sécurité dans les rues, même avec Dodo et Traducteur. Connaissant Paoli, il ratissera toute l'île pour nous trouver.

– Après avenue de France, tourner avenue Galliéni, dit Traducteur. Puis arrivé.

– Avenue Galliéni, t'entends ça ! s'étonna Cheryl. L'ont pas débaptisée, leur rue ? Galliéni, il est venu ici massacrer les premiers insurgés ! C'est comme nos villes de province qui ont toutes une rue ou une avenue assassine. Y a qu'à Paris que le nom de Thiers est banni.

– La Commune ! Ça faisait longtemps ! Notre douce France te manque ?

– Elle non, mais lui, si !

– T'inquiète pas, on est presque au bout de nos peines. Tu seras bientôt dans ses bras.

– Ici, ici, indiqua Traducteur en désignant le Café des Amis.

On les regarda d'un air méfiant quand elles entrèrent : femmes, blanches, vazahas donc, et en plus, ne l'oublions pas, toujours cradingues et en haillons. La présence de Dodo et Traducteur fit aussitôt baisser d'un cran le niveau de suspicion et quand Mariateresa expliqua qu'elle était l'amie d'Ababacar les bras s'ouvrirent et de larges sourires dévoilèrent des rangées de dents blanches.

La nuit tombait et le rhum coulait à flots. Les jeunes femmes racontèrent à leurs nouveaux potes du Café des Amis toutes leurs mésaventures. Enfin presque. Les types et les filles composant le petit cercle des habitués du bar écoutèrent bouche bée le récit de la geste épique des deux héroïnes. Ce qui les enthousiasma le plus ce fut le courage de Mariateresa qui n'avait pas hésité à affronter seule Braguier et à le descendre. Cheryl exultait de voir étinceler les lauriers sur le front de celle qui lui avait sauvé la vie. Le petit groupe, auquel s'étaient intégrés Dodo et Traducteur, décida de traquer Paoli l'Ordure (ainsi nouvellement baptisé). Cheryl dressa le portrait du généticien, mais les risques d'erreur sur la personne étaient faibles dans cette ville à la population majoritairement noire. Inutile de le marquer d'un grand P sur l'épaule comme dans *M le Maudit*, pensa la blonde cinéphile qui, non sans clairvoyance, jugea pédant de faire partager ce constat à la petite bande. Zaza, une des maquerelles du groupe, offrit sa chambre aux deux Blanches. Elle expliqua à Mariateresa, qui s'étonnait de cette dénomination, qu'elle n'avait rien de péjoratif. On appelait ainsi les deux cent soixante-trois prostituées de Tuléar.

– Le port est calme en ce moment, expliqua Zaza dans un français impeccable. Un chalutier russe est reparti, on attend dans quelques jours un cargo britannique. On a largement le temps de coincer Paoli l'Ordure. Mais vous, ne sortez pas !

– Comment ça ! protesta Cheryl. Je veux vous aider ! On a un revolver. Et puis j'adore les ports et les bars. J'vais pas rester enfermée. N'est-ce pas Mariateresa que tu veux découvrir avec moi les joies de l'anachronotourisme ?

– De quoi ? hoqueta sa brune compagne qui avait décidément but trop de rhum.

– Oui, ça consiste à se balader dans un pousse ou un fiacre. Avec un peu de chance on pourrait même dégotter la chaise à porteurs d'un ancien colon.

– Je préfère l'érotourisme. Quand Ababacar va me retrouver, je te dis pas !

– Ma parole, le rhum te décoince ! Dévergondée !

À ce moment-là la porte du bar s'ouvrit sur un grand type noir et poussiéreux : Ababacar.

Cheryl ne vit quasiment pas Mariateresa pendant quarante-huit heures. Zaza leur avait filé une piaule au-dessus du bar. La blonde jeune femme tournait en rond comme une panthère en cage ou peut-être même en chaleur. Quelqu'un de la bande venait toutes les deux ou trois heures lui faire un rapport. Pas trace de Paoli l'Ordure, il semblait s'être volatilisé. Cheryl avait l'intime conviction qu'il était dans les parages. Paoli avait tout de la tique sénégalaise, l'*amblyomma variegatum*, qui s'accroche à sa proie, suce le sang et ne lâche jamais prise. Ce vampire à huit pattes saigne et occit par d'effroyables maladies associées. Le deuxième jour, n'en pouvant plus de cette inactivité forcée, Cheryl décida de mettre le nez dehors. Elle convainquit Zaza de l'aider. La peau enduite d'une mixture noire, les cheveux cachés sous un foulard africain, les pieds chaussés de mules à talons en plastique fluo, la taille ceinte d'un paréo aux couleurs criardes et les nénés à l'air, elle pouvait sans risque se balader avec ses copines maquerelles. Son penchant pour les expériences exotiques lui fit tout essayer. Le pousse, le banana split à la Glace des As, les emplettes au bazar Karana et jusqu'aux... brochettes de poulpe. Zaza la conduisit chez un sorcier qui lui fit boire une décoction de racines miraculeuses. Il piqua des aiguilles dans une poupée de chiffon et lui annonça que Paoli l'Ordure serait puni par là où il avait péché. Cheryl ne sut pas interpréter cet oracle sibyllin. Le sorcier lui offrit un philtre d'amour ayant le pouvoir de faire revenir l'être aimé et de l'enchaîner à soi pour la vie. Elle emporta la fiole et, bien que n'étant pas superstitieuse, se promit de la jeter. Enchaîner un homme était criminel. Cheryl acheva sa première nuit de maquerelle à La Bonne Cuite en dansant et en buvant d'innombrables punchs mais sans avoir à repousser les assauts de marins arhumés, les quais restant vides, au grand dam des deux cent soixante-trois prostituées.

Trois jours passèrent sans qu'un nouveau navire n'accostât et surtout sans que la bande du Café des Amis, malgré sa fine connaissance du terrain, trouvât la trace de Paoli. Cheryl, héroïque comme toujours, ou inconsciente peut-être, se décida à jouer le tout pour le tout.

* * *

Elle eut du mal à démaquiller son corps d'ébène pour retrouver sa blancheur native. *Black is beautiful*, pensa-t-elle en regardant avec un léger dégoût la teinte fadasse de ses bras. Notre peau est d'or, disait Malcolm X. Elle revêtit une petite robe rétro rouge vif que lui avait cousue une copine de Zaza et sortit. Toute la journée, malgré le soleil de plomb et le vent chaud qui lui brûlait la gorge, elle marcha dans les rues blanches. Elle se montra à la terrasse de tous les cafés. Les membres de la bande la filaient, prêts à intervenir si Paoli mordait à cet appât rutilant. La nuit venue, elle alla danser avec ses mêmes cheveux platine et sa même peau blanche qui polarisaient tous les regards. Le jour suivant, intraitable et intrépide, elle reprit sa tournée des bistrots. Elle commençait à être connue comme le loup blanc. Cheryl, seule cliente dans l'air torride de l'après-midi, était en train de déguster son troisième banana split à la terrasse de la Glace des As quand un 4x4, de couleur blanche – lui aussi, décidément ! – déboucha sur le carrefour en étoile. La voiture ralentit, passa devant la jeune femme cramoisie (était-ce la chaleur, l'émotion, les reflets de sa robe rouge ?) et tourna devant l'énorme pub de La vache qui rit. Ayant retrouvé une couleur normale – blanc pâlichon – Cheryl mit ses doigts dans sa bouche et siffla. Aussitôt trois types surgirent de nulle part et l'entourèrent.

– Du neuf, chef ? demanda le plus costaud. Car dans la nuit, à l'unanimité, Cheryl avait été élue chef de bande.

– C'est sa bagnole, fit-elle en montrant l'avenue Galliéni, elle a filé par là.

La nuit fut chaude. Très chaude. Les membres de la bande avaient mobilisé toute leur parentèle – c'est-à-dire la moitié de la ville – pour la chasse au Paoli. Un cargo libanais avait mouillé dans la rade à la tombée du jour et les deux cent soixante-trois maquerelles étaient sur le pied de guerre. Mariateresa, son antique peur envolée pour toujours, se montra publiquement – en tenue de Blanche – aux côtés de son amie. L'effervescence générale était à son comble, le rhum coulait par torrents et, selon la vieille tradition des matelots, des centaines de verres brisés jonchaient le sol des bars, le cargo reprenant la mer dès le lendemain. Cheryl raffolait de cette ambiance, elle qui aurait adoré être marin ou chanteuse de bordel. Mais en tant que chef de bande, consciente de ses responsabilités, elle resta à peu près sobre et se tint dignement à carreau. Paoli l'Ordure ne pouvait savoir que la moitié de Tuléar la Blanche était derrière elle. Tôt ou tard il surgirait, lui ou l'un de ses acolytes, et c'en serait fait de lui.

À l'aube, le poisson n'était toujours pas pris dans la nasse. Ce fut Ababacar qui parla à Cheryl, attablée devant un dernier verre de rhum à La Bonne Cuite. Il lui expliqua qu'il fallait mettre les pouces, prendre l'avion avec Mariateresa et rentrer. Paoli, lié à l'Opus Rei et donc à la mafia locale n'était pas un enfant de chœur, elles devaient se mettre à l'abri. Cheryl protesta, elle voulait venger Jacques et Simone et se sentait chargée d'une mission : débarrasser l'espèce humaine de ce fou furieux.

– Fais gaffe, la contredit Ababacar, il a déteint sur toi ce salaud. Les gens qui se croient chargés d'une mission filent un mauvais coton.

– Un point pour toi, dut convenir Cheryl qui hésitait encore à céder. Elle n'osait pas avancer comme argument qu'elle appréciait au plus haut point son rôle d'aventurière-chef de bande. Ça la changeait de la coupe-brushing. D'un autre côté, sa nostalgie d'un certain tendre mollusque à l'œil vif allait grandissant. Elle allait se plier aux raisons d'Ababacar quand Zaza fit irruption dans le rade.

– On l'a trouvé ! lança-t-elle haletante. Là-bas, sur le quai. Dans sa bagnole.

– Allons-y, tous, vite ! cria Cheryl.

– Non, fit Zaza en s'asseyant, inutile. Y a déjà les flics. Samuel, un verre de rhum ! Je vais vous raconter. Tu vois Cheryl, la prédiction du sorcier, elle s'est réalisée !

– Comment ça ?

– Castré, Paoli !

– Castré ! s'exclamèrent ensemble Cheryl, Mariateresa et Ababacar.

– Oui, castré ! Il avait fait monter deux maquerelles dans son 4x4, garé discrètement sur le quai derrière un tas de sacs de café. Il s'est fait sucer. Un camion a débouché et est entré droit dans le cul du 4x4. Sous le choc la maquerelle a fermé les mâchoires et sectionné la queue de Paoli.

Cheryl poussa un petit cri et Mariateresa se leva pour vomir.

– Il a perdu tout son sang et il est mort, continua Zaza du ton imperturbable de celle qui en a vu d'autres. Les deux maquerelles n'ont pas pu arrêter l'hémorragie avant que la police arrive. Ce qui est incroyable, c'est que c'est celle qui l'a castré qu'a eu la présence d'esprit de lui faire les poches avant d'se débiner. Tiens Cheryl, tu l'ouvriras dans ta chambre.

Et Zaza lui tendit un petit sac en peau que Cheryl reconnut aussitôt.

Sonnées par ce coup de théâtre, expression – à

n'en pas douter– de la volonté divine, Cheryl et Mariateresa se retirèrent chacune dans leurs appartements, de pauvres piaules délabrées. Cheryl était abattue. Maintenant que tout danger était écarté, que justice était rendue, l'horreur du viol qu'elle avait subi la submergea. Elle se dit que plus jamais elle ne pourrait faire l'amour. Prise d'une légère nausée, elle versa quelques gouttes d'élixir parégorique dans un verre et avala le breuvage. Elle se rendit compte alors qu'elle s'était trompée de flacon et avait bu le philtre d'amour du sorcier. Elle s'endormit tout de suite et rêva. Un tendre céphalopode, pas visqueux pour un sou, l'enlaçait et la caressait. Un désir d'une puissance inconnue tenaillait son subconscient et même, à vrai dire, son joli ventre dénudé. Quand elle entrouvrait les paupières dans un demi-sommeil, le céphalopode lui souriait. C'est tripal, faut que je rentre, murmura-t-elle en continuant à dormir. Puis il lui sembla voir un archange, ce qui la réveilla pour de bon : Gabriel, très doucement, la prenait.

Tout finit par s'éclairer. Une nouvelle fois Mariateresa était venue au secours de son amie. Elle avait envoyé un télégramme à Gérard qui avait aussitôt prévenu le Poulpe. Maria de son côté avait raconté à Gabriel l'étrange enquête que menaient les deux jeunes femmes sur l'Opus Rei. Fou d'inquiétude, le grand céphalopode avait pris le premier avion et retrouvé sans peine les aventurières.

– C'est du filitourisme que t'as fait, commenta Cheryl radieuse en écoutant le récit de Gabriel. Mais la prochaine fois j'aurai recours à tes services un peu plus tôt. Juste un peu plus tôt ! Car la grande leçon c'est que Tananarive pas qu'aux autres !

– Ce qui veut dire en français ?

– Rien, une remarque perso.

Cheryl avait tout raconté à son amant béat, sauf un point de détail.

Bleu

Bleu, le lagon était bleu. Bleu des mers du Sud, comme dans la pub OBAO. Cheryl s'était fait confectionner une nouvelle robe. Bleu outre-mer. Assortie au paysage. Poissons grillés, balades en pirogue, siestes prolongées (sans commentaire), sable blanc, nuits étoilées, chatouillage de lémuriens, jeux de cache-cache entre les baobabs, danses africaines, beuveries avec la bande… et même, pêche aux mollusques !

– Tu sais quoi ? demanda Gabriel après une semaine de mora-mora (mora-mora : doucement-doucement. Équivalent malgache du *farniente* italien, en y ajoutant un zeste d'érotisme).

– Quoi ?

– Eh bien, c'est là.

– Quoi là ?

– C'est là que je voulais t'emmener. Au pays du mouramour. Je savais que ça te plairait comme bled !

– Tu te trompais pas, j'adore le kif-kif tourisme. Aujourd'hui mora-mora, demain une aventure à Baden-Baden ou à Bora-Bora. C'est kif-kif. Tous les ailleurs se valent ! C'est mon copain philosophe, le défenestré, qui disait ça.

– Tu sais quoi ? demanda Gabriel.

– Quoi encore ?

– J'ai plus envie de te quitter d'une semelle. Ce sera l'enfer pour toi à Paris.

Cheryl ne répondit pas. Plus qu'à l'enfer que ce serait, effectivement, elle pensa qu'elle n'allait quand même pas se mettre à croire à ces sornettes de philtre d'amour qui vous liait à vie un homme aux baskets. Elle chez qui – unique en cela parmi toutes les coiffeuses de la métropole – l'astrologie provoquait des poussées d'eczéma.

Il fallut se résoudre à partir. À quitter le lagon bleu et la terre rouge. Cheryl avait remis le petit sac de peau à Zaza, à charge pour elle de répartir le produit de la vente des saphirs, d'un admirable bleu cobalt, entre tous les nécessiteux de la ville blanche. Ce qui ne ferait pas bézef par tête de pipe.

Dans un rade du port, une dernière grande fête arrosée de rhum réunit Zaza, Dodo, Traducteur, Ababacar, Mariateresa, le Poulpe, tout le reste de la bande et les deux cent soixante-trois maquerelles. Et bien sûr la blonde Cheryl. La fête déborda rapidement sur le quai et bientôt la moitié de la ville dansa et s'enivra. Les festivités durèrent quarante-huit heures.

* * *

Trois jours plus tard les deux couples, pas tout à fait remis de leur gueule de bois, franchissaient la porte du Pied de Porc à la Sainte-Scolasse, 11ème arrondissement.

Et la fête recommença. Maria ne but pas, elle était déjà ivre de bonheur d'avoir retrouvé ses deux petites protégées, ses deux petites cailles, miraculeusement sorties des griffes tentaculaires de la sainte mafia. Mariateresa ne but pas non plus, elle avait elle-même décidé d'entrer en désherbage. Pourquoi boire maintenant qu'elle n'avait plus peur ? Gérard grognait, éructait, hoquetait de joie et serrait contre lui la brune et la blonde. Léon, quant à lui, pleurait. Cheryl n'avait jamais vu un chien pleurer. Il mouilla de larmes et de bave sa jupe rouge à fleurs jaunes et bleues. Elle n'en eut cure, tant elle était heureuse, elle aussi, de le retrouver.

– Eh, Gérard, file-moi *Le Parisien*, dit Gabriel. Ça fait des lustres que j'ai pas eu cette feuille de chou entre les mains.

– Ah non, protesta Cheryl. Tu vas pas nous gâcher la fête avec les chiens écrasés. Ras le bol des clébards !

C'est pas possible, elle recommence ! pensa Léon frappé à mort par ce coup de poignard dans le dos.

– Les chiens écrasés du *Parisien*, c'est à fuir comme la peste, renchérit Mariateresa hilare, on sait pas où ça peut mener. Ni à quoi ! Tananarive pas qu'aux autres !

Ce jeu de mots idiot mais lourd de sens faisait, immanquablement, pouffer de rire les deux amies. Un rire salutaire. Léon quant à lui, désespéré, se mit à hurler son désespoir de chien. Cheryl lui écrasa un énorme patin passionné sur la truffe, ce qui le sauva *in extremis* du passage à l'acte déjà mûri dans sa cervelle de clebs : sortir dans la rue pour se faire écraser.

Imperturbable, le Poulpe se plongea dans la lecture des titres du *Parisien*.

– Eh, les filles ! Écoutez ça ! s'exclama-t-il.

« *Une infirmière brûlée vive.*

Mademoiselle Bernadette Sendal a brûlé vive dans sa voiture. Après perquisition à son bureau de l'Hôtel-Dieu, l'enquête a révélé ses liens avec l'extrême droite européenne et la mafia italienne. La charge d'explosif trouvée dans son véhicule et divers autres éléments laissent supposer qu'il s'agit d'un règlement de comptes... On a retrouvé à son domicile des dizaines de paires d'escarpins rouges... »

– Lesbienne elle-même, elle appartenait à une organisation qui voulait faire brûler les lesbiennes sur des bûchers et castrer les homos. Les voies de Dieu sont impénétrables !

En prononçant cette péroraison sur un ton sentencieux, Mariateresa fixait Cheryl d'un air lugubre.

Elles furent prises toutes deux d'un fou rire irrépressible.

DÉJÀ PARUS AUX ÉDITIONS BALEINE

Le Poulpe

1. Jean-Bernard Pouy - *La petite écuyère a cafté*
   Prix Paul Féval de littérature populaire 1996
2. Serge Quadruppani - *Saigne sur mer*
4. Patrick Raynal - *Arrêtez le carrelage*
7. Didier Daeninckx - *Nazis dans le métro*
8. Noël Simsolo - *Un travelo nommé désir*
9. Franck Pavloff - *Un trou dans la zone*
11. Paul Vecchiali - *La pieuvre par neuf*
12. Jean-Jacques Reboux - *La cerise sur le gâteux*
13. Claude Mesplède - *Le cantique des cantines*
14. Pascal Dessaint - *Les pis rennais*
15. Olivier Thiébaut - *Les pieds de la dame aux clebs*
16. Gérard Delteil - *Chili incarné*
17. Bertrand Delcour - *Les sectes mercenaires*
18. Roger Martin - *Le G.A.L., l'égout*
19. Jean-Christophe Pinpin - *Les gens bons bâillonnés*
20. Hervé Prudon - *Ouarzazate et mourir*
21. Guillaume Nicloux - *Le saint des seins*
26. Roger Dadoun - *Allah recherche l'autan perdu*
27. Pascale Fonteneau - *Les damnés de l'artère*
28. Sylvie Granotier - *Comme un coq en plâtre*
31. Romain Goupil - *Lundi, c'est sodomie*
32. Olivier Douyère - *Bunker menteur*
34. François Joly - *Chicagone*
35. Michel Chevron - *J'irai faire Kafka sur vos tombes*
37. Mano Gentil - *Boucher double*
39. Mouloud Akkouche - *Causse toujours !*
40. Serge Meynard - *Lapin dixit*
41. Chantal Pelletier - *Lavande tuera*
43. Michel Cardoze - *Du hachis à Parmentier*
44. Jacques Vallet - *L'amour tarde à Dijon*
48. Gérard Lefort - *Vomi soit qui malle y pense*
49. Yannick Bourg - *Les potes de la perception*

50. Aïdé Caillot - *Le Karma saut'ra*
54. Alain Puiseux - *Je repars à Zorro*
55. Alain Bellet - *Danse avec Loulou*
58. Cesare Battisti - *J'aurai ta Pau*
59. Lucio Mad - *Dakar en barre*
60. Stéphanie Benson - *Crève de plaisanterie*
64. Bruce Mayence - *La Belge et la bête*
65. Hervé Mestron - *Eva te faire voir !*
66. Guillaume Darnaud - *Le crépuscule des vieux*

Coffret Un été de Poulpe (trois titres) :

69. Fabienne Tsaï - *Sans foie ni loi*
70. Alain Raybaud - *La lune dans le congélo*
71. Guillaume Chérel - *Tropique du grand cerf*
72. Jacky Pop - *La neige du killerman manchot*
73. Gérard Lecas - *Satanique ta mère !*
74. Evane Hanska - *Le bal des dégoûtantes*
78. Serge Livrozet - *Nice Baie d'aisance*
79. Jean-Luc Poisson - *Le chien des bas serviles*
82. Laurent Fétis - *L'aorte sauvage*
83. Hervé Korian - *Les bêtes du Gévaudan*
84. Woô Manh - *Docteur J'abuse*
87. Jean-Pierre Andrevon - *Papy end*
88. Jacques Albina - *Lazare dîne à Luynes*
89. Hervé Le Tellier - *La disparition de Perek*

Joyeux Gabriel (coffret quatre titres) :

92. Robert Deleuse - *La bête au bois dormant*
93. Christian Congiu - *La Nantes religieuse*
94. Chantal Montellier - *La dingue aux marrons*
95. Pierre-Alain Mesplède - *E pericoloso for Jersey*

Et heureux Poulpe (coffret quatre titres) :

96. Patrick Eris - *Une balle dans l'esthète*
97. Gilles Vidal - *Les deniers du colt*
98. Monique Demerson - *Fugue en Nîmes majeur*
99. Jean-Pierre Huster - *Touchez pas au grizzli*

Cent pour sang bande dessinée (coffret trois titres)

100. Mako - *Le Nord aux dents*
101. Olivier Balez - *L'Opus à l'oreille*
102. Jean-Luc Cochet - *La bande décimée*
103. Jean-Jacques Busino - *Au nom du piètre qui a l'essieu*
104. Paul Milan - *Légitime défonce*
105. Grégoire Carbasse - *L'Helvète underground*
108. Philippe Carrese - *Allons au fond de l'apathie*
109. Michel Boujut - *Les Jarnaqueurs*
110. Catherine Fradier - *Un poison nommé Rwanda*
113. Georges-J. Arnaud - *L'antizyklon des atroces*
114. Serge Turbé - *Ataxie pour Hazebrouck*
115. Grégoire Forbin - *Zombi la mouche*
118. José-Louis Bocquet - *Zarmaggedon*
119. Bellanti & Vacher - *Le manuscrit de la mémère morte*
120. Sylvie Rouch - *Meufs Mimosas*
123. Pierre Filoche - *Éros les tanna tous*
124. Michel Musolino - *Plus dur sera le chiite*
125. Didier Vandemelk - *Le carnaval de Denise*
128. M. Pelé & F. Prilleux - *Kop d'immondes*
129. François Billard - *Don qui shoote et la manque*
130. J.-P. Deleixhe, G. Delhasse & C. Libens - *Du pont liégeois*
133. Jacques Vettier - *La petite marchande de doses*
134. Alain Leygonie - *Mali mélo*
135. Danièle Rousselier - *Tananarive qu'aux autres*
136. Philippe Delepierre - *L'Aztèque du charro laid*

Instantanés de Polar

3. Franck Pavloff - *Foulée noire*
5. Olivier Thiébaut - *Larmes de fond*
6. Jean-Jacques Reboux - *Le massacre des innocents*
   Trophée 813 du meilleur roman francophone 1996
10. Noël Simsolo - *Couleur sang*
22. Guillaume Nicloux - *Zoocity*

38. Bertrand Delcour - *Zen*
47. Jean-Jacques Reboux - *Fondu au noir*
53. Michel Chevron - *Les Purifiants*
57. Yasmina Khadra - *Morituri*
Trophée 813 du meilleur roman francophone 1997
63. Pierre Siniac - *L'affreux joujou*
68. Noël Simsolo - *Apocalypse Nord*
77. Pascale Fonteneau - *La puissance du désordre*
81. Yasmina Khadra - *Double blanc*
86. Patrick Mercado - *Scooter triades*
91. Patrick Raynal - *Nice-Est*
107. Franck Pavloff - *Les yeux de Bee*
112. Sylvie Granotier - *Courrier posthume*
117. Jean-Jacques Reboux - *Poste mortem*
126. Yasmina Khadra - *L'automne des chimères*
131. Yves Bulteau - *Paso de la muerte*

Canaille/Revolver
23. Jean-Bernard Pouy - *Spinoza encule Hegel*
24. Patrick Raynal - *La clef de seize*
25. Anne Matalon - *Petit abécédaire des entreprises malheureuses*
29. Michel Chevron - *Fille de sang*
30. Emma Christa - *Elles sont pas croyables !*
33. Alexandre Dumal - *Burundunga !*
36. Pierre Filoche - *Le banquet des ogres*
42. Gilles Vander - *Divan terrible*
45. Gérard Lecas - *MLF vaincra !*
46. Sylvie Picard - *Serial victime*
51. Dashiell Penac'h - *Le deuil dans le miroir*
52. Pierre Fossard - *Je suis un assassin*
56. Pierre Cherruau - *Nena Rastaquouère*
61. Pierre Filoche - *Quand on a que la mort*
62. Sylvie Rouch - *Zoé s'en va-t-au ciel*
67. Patrick Raynal - *Nice 42ème rue*
75. Anne Matalon - *Alba Capra*
76. Evane Hanska - *Une hirondelle dans le beffroi*
80. Yves Bulteau - *Naïma*

85. Jean-Pierre Andrevon - *Blanche est la couleur des rêves*
90. François Joly - *Le grand blanc*
106. Brigitte Dyan - *Un soupçon de vertu*
111. Jean-Bernard Pouy - *À sec !*
116. Jocelyne Sauvard - *La nuit du rappeur*
121. Frédéric Chagnard - *Cinq jours sur Terre*
122. François Vitalis - *L'arène des pigeons*
127. Chawki Amari - *De bonnes nouvelles d'Algérie*
132. Pierre Siniac - *Bazar bizarre*
140. Christian Poslaniec - *Le mal des fleurs*
141. Sylvie Cohen - *Reno, Nevada*

Tourisme & Polar

Jean-Bernard Pouy - *J'ai fait l'aérotrain*
Michel Lebrun - *L'égarement*
Jean-François Vilar - *Les fous de Chaillot*
Michel Pelé - *L'interprétation des raves*
Franck Pavloff - *La gare de Lourenço-Marquès*
Serge Meynard - *Dans le Doubs, absinthe-toi !*
Pascale Fonteneau - *Maelbeek*
Olivier Thiébaut - *J'irai revoir mon Cotentin*
Marc Villard - *Les Rosbifs de Montorgueil*
François Braud - *L'appel du bitume*
José-Louis Bocquet - *Le banquet de Merlin*
Eusèbe Dessaint - *En quête de chemins*

Macno

1. Ayerdhal - *Consciences virtuelles*
2. Riton V. - *Dose létale à Lutèce-land*
3. Stéphanie Benson - *Le passage*
4. Jean-Pierre Andrevon - *Cinq anguilles dans une botte d'humains*
5. Michel Chevron - *Gavial poursuite*
6. Gilbert Gallerne - *Petit homme vert*

À PARAÎTRE

Le Poulpe
137. Pierre Fort - *Le mec à l'eau de la générale*
138. Albédo - *Les pourritures célestes*
139. Lionel Besnier - *Macadam cobaye*

Instantanés de Polar
142. Caryl Ferey - *Haka*

Canaille/Revolver
143. Marie et Georges Wils - *Il faut tuer René Dousquet !*

Tourisme & Polar
Lucio Mad - *Bamako*
Michel Leydier - *La Sposata*
Pascal Dessaint - *De la Grèce plein les yeux*
Olivier mau - *Un petit cou de trop derrière la cravate*

Macno
7. Philippe Curval - *Macno emmerde la mort*

Cet ouvrage a été imprimé
sur presse Cameron
par ***Bussière Camedan Imprimeries***
à Saint-Amand-Montrond (Cher)
en juillet 1998

– N° d'impression : 983438/1. –
Dépôt légal : juillet 1998.

Imprimé en France